아픈건 싫으니까
방어력에 올인하려고 합니다.

All points are divided to VIT. Because a painful one isn't liked.

7

크롬

Kuromu's STATUS

Lv73
HP 940/940
MP 52/52
[STR 130]
[VIT 180]
[AGI 30]
[DEX 30]
[INT 20]

카나데

Kanade's STATUS

Lv46
HP 335/335
MP 290/290
[STR 15]
[VIT 10]
[AGI 70]
[DEX 50]
[INT 110]

사리
모든 공격을 회피하는
메이플의 단짝.
마이
공격에 올인한 초심자.
유이의 언니.
유이
공격에 올인한 초심자.
마이의 동생
이즈
【단풍나무】 멤버를 지원하는,
고랭크 생산직.
제7회 이벤트 공략에서

카나데
엄청난 기억력을 가진
천재 마법사.
메이플
어떤 공격에도 끄떡없는,
단단하고 강한 길드 마스터.
카스미
솔로 플레이어로서
실력이 뛰어난 칼잡이.
크롬
강한 생존력을 가진,
보호자 같은 방패 유저.

「바다가 참 예뻐…….」
「노을은 안 지겠지만,
그것도 보고 싶은걸.」
멀리서 반짝이는 수평선을 구경한다.
두 사람은 피로를 씻어내듯 한동안 그러고 있었다.
4층 보스의 위에

EQUIPMENT Guillotine / Ghost Citadel / Bloody Skull / Bloody White Armor / Robustness Ring / Citadel Ring / Defense Ring

Kuromu's STATUS

Lv73 HP 940/940

MP 52/52

[STR 130] [VIT 180]

[AGI 30] [DEX 30]

[INT 20]

Kanade's STATUS

Lv46 HP 335/335

MP 290/290

[STR 15] [VIT 10]

[AGI 70] [DEX 50]

[INT 110]

EQUIPMENT Wisdom of Gods / Suit of Diamond Casquette / Coat of Intelligence / Leggings of Intelligence / Boots of Intelligence / Suit of Spade Earrings / Wizard Glove / Holy Ring

아픈 건 싫으니까 방어력에 올인하려고 합니다.

[글] 유우미칸

[일러스트] 코인

7

Welcome to "NewWorld Online".

CONTENTS

All points are divided to VIT.
Because
a painful one isn't liked.

0850 1048 4070 7603

NewWorld Online STATUS

NAME 메이플 Maple LV 54

HP 200/200 MP 22/22

STATUS

STR 000 VIT 13710 AGI 000 DEX 000 INT 000

EQUIPMENT

초승달 skill 히드라 | 어둠의 모조품 skill 악식 | 흑장미의 갑옷 skill 흘러나오는 혼돈 | 인연의 가교 | 터프니스 링 | 생명의 반지

SKILL

【실드 어택】【몸놀림】【공격 피하기】【명상】【도발】【고무】【헤비 보디】【HP강화(소)】【MP강화(소)】【심록의 가호】【대형 방패의 소양Ⅵ】【커버 무브Ⅳ】【커버】【피어스 가드】【카운터】【퀵체인지】【절대방어】【극악무도】【자이언트 킬링】【히드라 이터】【봄 이터】【쉽 이터】【불굴의 수호자】【사이코 키네시스】【포트리스】【헌신의 자애】【기계신】【고독의 주법】【얼어붙는 대지】【백귀야행Ⅰ】【천왕의 옥좌】【명계의 인연】

6892 1179 0606 0847

NewWorld Online STATUS

NAME 사리 Sally LV 52

HP 32/32 MP 130/130

STATUS

STR 100 VIT 000 AGI 170 DEX 045 INT 060

EQUIPMENT

심해의 대거 | 해저의 대거 | 수면의 머플러 skill 신기루 | 대해의 코트 skill 대해 | 대해의 옷 | 죽은 자의 발 skill 황천으로 가는 걸음 | 인연의 가교

SKILL

【질풍 베기】【디펜스 브레이크】【고무】【다운 어택】【파워 어택】【스위치 어택】【연격검Ⅴ】【체술Ⅶ】【불 마법Ⅲ】【물 마법Ⅲ】【바람 마법Ⅲ】【흙 마법Ⅱ】【어둠 마법Ⅱ】【빛 마법Ⅱ】【근력강화(중)】【연속공격 강화(중)】【MP강화(중)】【MP컷(중)】【MP회복속도강화(중)】【독 내성(소)】【채집속도강화(소)】【단검의 소양Ⅸ】【마법의 소양Ⅲ】【상태이상 공격Ⅶ】【기척 차단Ⅲ】【기척 감지Ⅱ】【발소리 죽이기Ⅰ】【도약Ⅳ】【퀵체인지】【요리Ⅰ】【낚시】【수영Ⅹ】【잠수Ⅹ】【털 깎기】【초가속】【고대의 바다】【추인】【잔재주꾼】【검무】【매미 허물】【웹 슈터Ⅵ】【얼음 기둥】【빙결영역】【명계의 인연】

All points are divided to VIT. Because a painful one isn't like

Welcome to "NewWorld Online"

0557 4654 3729 1094

NAME 크롬 HP 940/940 MP 52/52 Lv 73

STATUS

STR 130 VIT 180 AGI 030 DEX 030 INT 020

EQUIPMENT

참수 skill 생명포식(라이프 이터)
원령의 벽 skill 흡 혼(소울 드레인)
피투성이 해골 skill 영혼포식(소울 이터)
피로 물든 하얀 갑옷 skill 데드 오어 얼라이브
강건의 반지
철벽의 반지
디펜스 링

SKILL 【돌진 찌르기】【속성검】【실드 어택】【몸놀림】【공격 피하기】【대방어】【도발】【철벽체제】【방벽】【아이언 보디】【헤비 보디】【HP강화(대)】【HP회복속도강화(대)】【MP강화(중)】【심록의 가호】【대형 방패의 소양X】【방어의 소양X】【커버 무브X】【커버】【피어스 가드】【카운터】【가드 오라】【방어진형】【수호의 힘】【대형 방패의 극의VI】【방어의 극의VI】【독 무효】【마비 무효】【스턴 내성(대)】【수면 무효】【빙결 무효】【화상 내성(대)】【채굴IV】【채집VII】【털 깎기】【정령의 빛】【불굴의 수호자】【배틀힐링】【사령의 진흙】

1121 6511 1627 4925

NAME 이즈 HP 100/100 MP 100/100 Lv 58

STATUS

STR 045 VIT 020 AGI 080 DEX 210 INT 065

EQUIPMENT

대장장이의 해머X
연금술사의 고글 skill 심술쟁이 연금술
연금술사의 롱코트 skill 마법공방
대장장이의 레깅스X
연금술사의 부츠 skill 새로운 경지
포션 파우치
아이템 파우치
블랙 글러브

SKILL 【스트라이크】【생산의 소양X】【생산의 극의VI】【강화성공확률강화(대)】【채집속도강화(대)】【채굴속도강화(대)】【생산량증가(소)】【생산속도증가(중)】【상태이상공격III】【발소리 죽이기V】【멀리보기】【대장X】【재봉X】【재배X】【조합X】【가공X】【요리X】【채굴X】【채집X】【수영VI】【잠수VII】【털 깎기】【대장장이 신의 가호X】【관찰안】

3030 8825 2743 3535

NAME 카나데 HP 335/335 MP 290/290 Lv 46

STATUS

STR 015 VIT 010 AGI 070 DEX 050 INT 110

EQUIPMENT

신들의 지혜 skill 신계서고(아카식 레코드)
다이아 뉴스보이캡VIII
지혜의 코트VI
지혜의 레깅스VIII
지혜의 부츠VI
스페이드 이어링
마도사의 글러브
성스러운 반지

SKILL 【마법의 소양VII】【고속영창】【MP강화(중)】【MP컷(중)】【MP회복속도강화(대)】【마법위력강화(소)】【심록의 가호】【불 마법V】【물 마법III】【바람 마법VII】【흙 마법V】【어둠 마법III】【빛 마법VI】【마도서고】【사령의 진흙】

2128 0779 2864 5999

NAME 카스미 HP 435/435 MP 70/70 LV 68

STATUS

STR 190 VIT 080 AGI 090 DEX 030 INT 030

EQUIPMENT

- 자해의 요도·유카리
- 분홍색 머리장식
- 벚꽃의 옷
- 보라색 하카마
- 사무라이의 각반
- 사무라이의 토시
- 금 허리띠
- 벚꽃 문장

SKILL 【일섬】【투구 쪼개기】【가드 브레이크】【후리기】【간파】【고무】【공격체제】【도술X】【일도양단】【투척】【파워 오라】【HP강화(대)】【MP강화(중)】【독 무효】【마비 무효】【스턴 내성(대)】【수면 내성(대)】【빙결 내성(중)】【화상 내성(대)】【장검의 소양X】【도의 소양X】【장검의 극의IV】【도의 극의IV】【채굴IV】【채집VI】【잠수V】【수영VI】【도약VII】【털 깎기】【멀리보기】【불굴】【검기】【용맹】【괴력】【초가속】【전장의 마음가짐】

5615 1896 1080 8803

NAME 마이 HP 35/35 MP 20/20 LV 40

STATUS

STR 375 VIT 000 AGI 000 DEX 000 INT 000

EQUIPMENT

- 파괴의 검은 망치VIII
- 블랙돌 드레스VIII
- 블랙돌 타이츠 VIII
- 블랙돌 슈즈 VIII
- 작은 리본
- 실크 글러브

SKILL 【더블 스탬프】【더블 임팩트】【더블 스트라이크】【공격강화(중)】【대형망치의 소양VII】【투척】【비격】【침략자】【파괴왕】【자이언트 킬링】

5272 0557 2241 2738

NAME 유이 HP 35/35 MP 20/20 LV 40

STATUS

STR 375 VIT 000 AGI 000 DEX 000 INT 000

EQUIPMENT

- 파괴의 하얀 망치VIII
- 화이트돌 드레스VIII
- 화이트돌 타이츠 VIII
- 화이트돌 슈즈 VIII
- 작은 리본
- 실크 글러브

SKILL 【더블 스탬프】【더블 임팩트】【더블 스트라이크】【공격강화(중)】【대형망치의 소양VII】【투척】【비격】【침략자】【파괴왕】【자이언트 킬링】

All points are divided to VIT. Because a painful one isn't like

Welcome to "NewWorld Online"

프롤로그

혼죠 카에데=메이플은 절친인 시로미네 리사=사리의 부탁으로 VRMMO 게임 〈New World Online〉을 시작해, 둘이서 여러 장소를 탐색해 왔다.

새로 도입된 6층은 호러 존. 무서운 것을 가장 질색하는 단짝 사리는 한 번 탐색을 나갔다가 호되게 혼이 나서 6층에 접근하지 못하고 있었다.

그러던 와중에 제7회 이벤트가 개최되어, 탑을 오르는 이벤트라면 사리와 오랜만에 함께 탐색할 수 있겠다고 생각한 메이플은 사리에게 제안하여 둘이서 공략을 시작했다.

목표는 최상층인 10층까지 노 대미지로 공략하는 것.

최고 난이도의 탑을 클리어하면 이벤트에서만 구할 수 있는 보상과 교환할 수 있는 메달을 줘서, 제4회 이벤트 때 받은 메달과 합치면 새 스킬도 얻을 수 있다. 그리고 노 대미지로 싸워서 이기는 것은 둘이 처음 파티를 짰을 때부터의 목표였다. 그래서 두 사람은 의욕을 가지고 탑에 발을 들였다.

1층 중간에 나온 몬스터는 최고 난이도인 만큼 모두 보통내기가 아니라서 번번이 발걸음을 멈추게 했지만, 그래도 두 사람을 쓰러뜨릴 수는 없었다.
보스 몬스터인 모래를 쓰는 용도 강력한 브레스와 체격을 살린 공격을 펼쳤지만 공략용으로 배치되어 있던 폭발하는 암석을 대량으로 끌어안고 입안에 뛰어든 메이플에게는 어쩔 도리가 없었다. 두꺼운 외피가 아니라 체내를 공격하는 것은 설계상 예상된 바였지만, 그 특수한 공격 수단은 예상을 웃도는 대미지를 냈다.

1층을 한방에 돌파하고 내친김에 2층 공략에 들어간 두 사람의 양쪽에는 돌벽에 둘러싸인 1층 통로와는 다르게 책이 빽빽하게 꽂히고 천장까지 닿는 책장이 이어져 있었다. 물론 나타나는 몬스터도 책 형태를 한 것이 대부분이고, 그렇지 않은 몬스터도 생각지 못한 곳에서 공격해 오는 것들뿐이라 1층과는 또 달랐다. 그러나 아무리 움직임을 막아도 대미지를 줄 수 없으면 어쩔 도리가 없다. 메이플이 【헌신의 자애】로 사리를 지키고 있어서 보통 몬스터는 대적할 수 없었다.
그러나 보스는 달랐다. 거대한 책 타입 몬스터는 그래도 보스였다고 할까, 스킬을 빼앗는 공격으로 두 사람을 한 차례 철수시킨 것이다.
그러나 마지막에는 메이플의 특수한 스킬을 일부러 사용하게 하고, 메이플 아닌 자가 사용하면 생기는 약점이 뚜렷이 드러났을 때 사리가 약점을 찔러 소멸했다.

1층은 메이플이, 2층은 사리가 보스의 약점을 잘 찔러서 돌파했다. 아직 스킬도 온존해 놓은 두 사람은 1층에서 2층으로 이동했을 때와 마찬가지로 내친김에 3층을 공략하러 향한다.
운이 따라 준다면 기분 좋게 한 방에 돌파하자고 생각하면서, 두 사람은 3층으로 돌입했다.

1장 방어 특화와 탑 3층.

3층에 당도한 두 사람 앞에 펼쳐져 있는 것은, 지금까지와는 다르게 비교적 넓은 공간과 울퉁불퉁한 바위벽, 붉게 타오르는 용암이었다.

“이 층은 또 완전히 다른 느낌이네, 사리.”

“그러네……. 통로 타입만 있는 건 아닌가 봐, 길은 몇 개인가 있지만.”

“우선 하나씩 봐 볼까?”

사리가 관찰하는 가운데, 메이플이 그렇게 말하고 걸어간다.

그러자 발밑에서 울컥 튀어나온 용암이 메이플의 발을 치익 태웠다.

메이플의 HP 게이지가 아주 조금 감소한다.

““앗…….””

두 사람은 그 자리에 딱 굳었다.

사태를 파악한 메이플이 황급히 물러나 사리에게 돌아온다.

“어? 어?”

“맞다! 메이플, 스킬 확인!”

허둥지둥하는 메이플에게 사리가 말하자 메이플은 2층 보스에게 스킬을 빼앗겼던 것을 생각해냈다. 그러나 메이플이 확인해 보니 모든 스킬이 돌아와 있었다.

"어, 이, 있어! 방어력도 돌아왔어!"

"어? 으, 으음? 안 되겠다, 일단 진정하고……."

사리는 자신을 다그치고 한 번 심호흡을 하더니, 작게 고개를 끄덕이고 간단한 거였다며 결론을 말한다.

"방어를 무시하고 고정 대미지를 주는 지형……일까. 대미지도 고만고만하고. 아, 화산 맵인 시점에서 떠올려야 했어……."

"대미지는 20인가 봐. 사리는…… 안 피하면 힘들 것 같지?"

"그렇지…… 제법 아플 거야. 하지만 봐봐, 메이플."

사리가 그렇게 말하고 조금 전 메이플이 대미지를 받은 장소를 가리켰다.

금이 간 지면이 아주 약간 붉게 빛난 뒤 용암을 분출하고 있었다.

알기 쉬운 전조다.

"아하…… 저건 잘 보면 피할 수 있을 것 같아!"

"좁은 곳을 지나갈 때는 벽도 경계하는 게 좋을지도 몰라. 이제 문제는 어떤 타입 몬스터가 나오는가네."

메이플은 그 말을 듣고 있다가, 무언가가 생각난 듯이 갑자기 슬픈 표정을 지었다.

그렇다. 두 사람의 목표인 노 대미지 클리어에 실패하고 만 것이다.

"대미지…… 받았어……. 기껏 보스를 잘 처리했는데!"

"음, 그럼…… 지형이나 함정은 노 카운트로? 후훗, 엄밀히 말해서 적은 아니니까."

사리가 슬쩍 웃으면서 타협안을 제시하자 메이플은 눈을 감고 끙끙 소리를 내며 갈등한다.

"그럼…… 노 카운트로! 몬스터는 노 대미지로 힘낼게! 아, 지면도 잘 볼 거야!"

메이플이 그렇게 말하고 검은 장비로 변경하고 의욕 넘치는 표정을 보인다.

"좋아, 그럼 갈까. 일단 주위에는 몬스터도 없는 것 같고."

"전망이 좋아서 좋네!"

"경계는 나한테 맡겨. 안 놓칠 거야."

그렇게 해서 두 사람은 다시금 3층으로 한 걸음 내디뎠다.

메이플이 평소보다 열심히 지면을 확인하고 있어서 사리는 주위를 잘 둘러보기로 했다.

두 사람 앞에는 세 갈래 길이 있고, 내다볼 수 있는 범위에는 모두 똑같이 바위벽이 이어져 있다.

"메이플, 어떡할까?"

"……가운뎃길로 가면 어딘가에서 왼쪽이랑 오른쪽도 확인할 수 있을 것 같으니까, 가운데로!"

"응, 그럼 그렇게 하자."

메이플이 방패를 들고, 사리는 【커버】 범위 내에서 주위를 확인한다.

그리고 두 사람이 발밑에서 올라오는 용암을 몇 번인가 피하면서 통로를 나아가자 다시 넓은 공간으로 나왔다.

"메이플, 스톱. 뭔가 있어."

"음…… 아, 진짜다! 벽에서 용암이 흘러나와서 보기 힘들어……. 1층에서 본 불타는 새랑은 좀 다른 느낌인데."

메이플은 이마에 손을 대고 눈을 가늘게 뜨고서, 용암을 뚝뚝 떨어뜨리면서 날아다니는 1미터 정도의 새 타입 몬스터들을 보았다.

용암 새는 벽에서 흐르는 용암에서 나오는 모양이라 출현을 막기는 힘들어 보였다.

"새가 떨어뜨리는 용암도 고정 대미지를 줄 가능성이 있으니까 맞지 않도록 해."

"알았어. 그때는 이렇게 할게!"

메이플이 방패를 우산처럼 머리 위로 들어 올린다.

두 사람은 상의해서 한 번 전투해 보기로 결정하고, 타이밍을 보고 뛰어들었다.

"【얼음 기둥】…… 으응!?"

하늘을 나는 용암 새보다 더 위로 가려고 평소처럼 얼음 기둥을 만든 사리가 발을 멈추었다.

만들어낸 얼음 기둥이 순식간에 녹아 효과를 잃은 것이다.

"얼음은 안 되나……. 그럼 물은 어떠냐!?"

사리는 물 마법을 용암 새에게 정확하게 명중시킨다. 그러자 날개의 용암이 삽시간에 검게 굳어지고 날지 못하게 된 새가 메이플 눈앞에 떨어진다.

"물에 약하구나! 그래도…… 난 물은 못 쓰지만, 【전 무장 전개】, 【공격 개시】!"

땅에 떨어진 새에게 들이댄 총구에서 잇달아 총알을 쏘자 잡몹인 용암 새는 견디지 못하고 사라졌다.

"그대로 위쪽도!"

메이플이 위를 향해 총알을 쏘아냈지만 하늘을 나는 새에게 맞아도 그대로 관통해서 날아갈 뿐이었다.

"어, 어라? 안 통해?"

"물 속성 공격이 필요한가 봐. 떨어뜨리는 건 맡겨 둬!"

"응, 부탁해!"

두 사람 앞에서 한 번 땅에 떨어지면 더는 날 수 없다.

2층과는 또 다른 타입의 몬스터였지만, 두 사람이 성질을 이해하기에 딱 좋은 수준의 상대였다.

두 사람은 용암 새 무리를 손쉽게 섬멸하고는 다시 필드를 둘러보았다.

벽에서 뿜어져 나오는 용암은 마치 폭포처럼 흘러떨어지면서 벽과 천장을 형형히 비추고 있다.

메이플은 용암 웅덩이 앞에 웅크리고 앉아 용암의 바다처럼 된 필드를 가만히 본다.

당연히 건드리지는 않지만, 현실에서는 소리를 내며 터지는 용암을 이만큼 가까이서 볼 수 없어서 흥미를 느낀 것이다.

"확실히 볼 일이 거의 없겠지……. 음, 뭐 잠깐이라면 괜찮으려나?"

그리고 사리는 주위를 경계하면서도 메이플을 흉내 내듯이 게임 밖에서는 볼 수 없는 광경에 눈길을 준다.

폭포수처럼 끊임없이 흘러드는 용암이 고여 생긴 화산 분화구처럼 시뻘건 용암 바다. 탑 내부에 있는 던전일 텐데도 천장은 뿌연 연기와 열로 흐려지고 일그러져 잘 보이지 않는다. 현실에서는 말도 안 되는 광경을 말도 안 되는 장소에서 볼 수 있다—— 그것도 이 NWO의 묘미라는 것을 사리는 떠올렸다.

그러자 앞으로 마주칠 것들이 단순한 공략 대상에서 벗어나 차츰 기대되기 시작한다.

"4층은 어떤 느낌일까?"

"아직 정보가 안 나온 것 같아……. 하지만 지금까지를 생각해 보면 통로만 있는 층은 아니지 않을까. 시렵이 잘 날 수 있으면 좋겠네."

"그럼 좋겠다. 지형 대미지도 생각 안 해도 되고!"

이 광장은 몰라도, 진행 방향에 있을 통로는 거대화 시럽으로는 지나갈 수 없을 만큼 좁아 보였다. 하늘로 갈 수 없는 이상 3층은 지면을 경계하면서 진행할 수밖에 없을 듯했다.

그리고 두 사람이 다음 층을 상상하고 있을 때, 이곳이 전투 필드라는 것을 되새겨 주려는 듯이 다시 용암 새가 폭포에서 나타나기 시작했다.

새를 발견한 메이플이 용암에서 눈을 떼고 그쪽을 가리킨다.

"아, 사리! 또 나왔는데?"

"무시하고 가자…… 앗, 메이플!"

"어, 어어?!"

사리의 목소리에 메이플이 용암 쪽으로 시선을 돌리자, 이번에는 어느새 불타는 비늘을 가진 흐물흐물한 물고기 타입 몬스터가 나타나 이쪽으로 입에서 용암 덩어리를 쏘고 있었다.

메이플은 잽싸게 방패를 휘둘러 【악식】으로 용암 덩어리를 집어삼켜서 무효화한다.

몬스터는 그대로 용암 바다에서 펄쩍 튀어나와, 1미터쯤 되는 커다랗고 불타는 몸으로 메이플에게 달려들었다가 방패 속으로 삼켜졌다.

"까, 깜짝 놀랐어……."

"나도. 새한테 정신이 팔려서 눈치를 못 챘어……. 미안해, 위험했네."

"아니, 괜찮아. 그보다 서두르자! 들키기 전에!"

메이플은 용암 바다 쪽에서 눈을 떼지 않고 일어서서 뒷걸음질 치더니 다음 통로를 향해 뛴다.

"……역시 그 방패, 세구나."

최근에는 메이플도 공격 수단이 늘어나서 【악식】에만 의존하지는 않게 되었지만, 메이플과 상성이 좋은 스킬이라는 점은 변함없다. 모든 것을 집어삼키는 그 힘은 공격에도 쓸 수 있고, 지금처럼 긴급할 때도 메이플에게 대미지가 가지 않게 잘 지켜준다.

사리는 뛰어서 메이플을 따라잡으면서 그 강함을 재확인했다.

"저기! 통로로 들어가자!"

"오케이!"

두 사람은 새로이 나타난 용암 새들에게 들키지 않게 통로로 뛰어든 다음 한숨을 돌렸다.

"후우…… 좀처럼 안심할 수가 없네. 어디서 몬스터가 튀어나올지 모르는걸!"

메이플이 뒤돌아보면서 말한다. 광장에 비하면 통로는 오히려 몬스터가 잠복할 장소가 없어서 안전하다고 할 수 있다.

"층이 올라갈 때마다 성가신 몬스터나 특이한 게 늘어날 테니까, 관통 공격이나 고정 대미지도 조심해야겠어. 그리고 회복 봉인 같은 것도."

회복 같은 지원 수단을 막는 것은 자주 있는 일이라고 사리가 메이플에게 가르쳐 준다.

"하긴, 그냥 공격만 당하는 것보다 힘들겠네."

"그런 몬스터랑은 가능하면 안 싸우고 가고 싶지만…… 싸울 땐 조심해."

"응, 그렇게 할게!"

두 사람은 그런 이야기를 하면서 통로를 나아가, 신중하게 다음 광장을 확인한다.

그곳에는 사방에서 용암이 짧은 간격으로 뿜어져 나오는 위험지대가 펼쳐져 있었다.

붉게 빛나는 용암이 때로는 높은 천장까지 치솟는 것을 보고 두 사람은 얼굴을 마주 본다.

"사, 사리? 이거, 어떡하면 돼?"

"메이플이 있으면 돌파할 수 있겠지만…… 그건 정공법이 아닐 것 같아."

사리는 메이플과 함께 여러모로 검증해 보고, 이 광장 전체가 대미지 지대라 해도 메이플이 【헌신의 자애】를 써서 지키고 사리가 회복을 담당하면 억지로 통과할 수는 있을 거라고 결론을 내렸다.

"다음은, 어딘가 다른 길이…… 【워터 볼】!"

사리는 용암 새에게 했던 것처럼 지면에 물 마법을 쏘아 보았지만, 용암 분출은 멎지 않는다.

메이플은 사리가 물 마법을 사용한 순간 이게 정답일 거라고 생각했기 때문에, 그렇지 않았다는 사실에 실망해 어깨를 떨군다.

"우…… 안 되나아……."

"어떡할까? 억지로 지나가 버릴까?"

"우웅, 정공법으로 공략하고 싶은걸. 항상 【헌신의 자애】에만 기대면 안 되고, 대미지도 받고 싶지 않으니까!"

"그렇지. 도중에 2층 보스 때처럼 스킬을 빼앗기거나 봉인당하면 끝장이고."

"으음, 그럼, 어딘가에 해결 방법 같은 게 있을까?"

"우선 돌아가서 다른 길을 봐 볼까. 지금까지 갈림길이 몇 개인가 있었으니까 구석구석 탐색해 볼까?"

"그러네! 윽…… 그런데 아까 그곳으로 돌아가야 하나."

기껏 들키지 않고 올 수 있었는데 하고 메이플이 유감스러운 얼굴을 한다.

전투에서 노 대미지로 공략하는 것을 목표로 삼았기 때문에, 고정 대미지를 줄 가능성이 있는 용암을 두른 몬스터와의 싸움은 되도록 피하고 싶은 것이다.

"분명 다른 장소에도 질릴 만큼 있을걸."

"으으으, 그럼 아이템 준비!"

메이플은 물 속성 대미지를 주는 구슬을 인벤토리에서 꺼내 꽉 쥔다.

"정말 다양한 아이템을 사 놨구나……."
"후후후, 제법 쓸모 있거든!"
그리하여 두 사람은 일단 되돌아가기로 결정했다.

아까 광장으로 돌아오기 전에 봤던 통로로 가면서, 두 사람은 광장을 날아다니는 몬스터가 거기까지 오지 않는지 확인한다.

"……괜찮은 것 같지?"
"그치. 이제 뒤는 일단 안심이야."
"우선 다른 길로 와 봤는데…… 또 다른 길도 있었지?"
"하나씩 보고 갈 수밖에 없어. 엇…… 길 분위기가 바뀌었으니까 지면을 조심해, 메이플."
아까 용암이 뿜어져 나오는 통로와는 다르게 이쪽 길은 지면이 흑요석처럼 되어 있었다.
"응, 괜찮아! 음, 약간 내리막길이네."
메이플의 말을 듣고 사리도 지면을 확인해 보니 정말로 약간 내리막이었다.
아까와는 다른 장소에 갈 수 있을 듯한 예감에 두 사람은 경계를 늦추지 않고 기대하면서 이동한다. 그리고 통로를 빠져나간 곳에 펼쳐진 것은 용암이 검게 굳은 벽과 지면이 중심이 되는 공간이었다.

지금까지의 광장과 넓이는 크게 다르지 않지만, 용암은 때때로 지면에서 작게 솟아오르는 정도다.

"이 부근의 용암은 굳은 것 같아. 이거라면 걷기 편하고 몬스터가 있는지도 쉽게 알 수 있겠네."

"지금은 아무것도 없는 것 같은데…… 이럴 때는!"

메이플은 알겠다는 듯이 사리 쪽을 본다.

"응, 숨어 있다고 생각해야지. 아, 말했더니 나왔다!"

지면이 들썩들썩 부풀어 오르고 3미터 정도 되는 바위 거인이 일어선다.

두 사람의 몸보다 큰 검은 주먹과 발, 울리는 발소리.

도중에 봤던 몬스터와 비교하면 겉모습부터 벌써 셀 것 같다.

"【전 무장 전개】, 【공격 개시】!"

메이플이 총격을 개시한다. 그것은 움직임이 느린 거인에게 전부 명중했지만 그대로 하나도 남김없이 튕겨 나갔다.

"윽…… 역시 골렘이야? 껄끄러운데……."

메이플이 조금 뚱한 모습으로 무장을 집어넣고 총격을 중지한다.

그와 동시에 거인은 그 커다란 주먹을 땅에 내리쳤다.

바위와 바위가 부딪치는 둔탁한 소리가 울려 퍼지고, 부서진 지면에서 용암이 갑자기 파도처럼 확 넘쳐나 두 사람을 집어삼키려고 다가온다.

"으엑!? 자, 잠깐!"

"메이플, 피하자! 여기라면……."

사리는 만약을 위해 백스텝을 밟으면서 【얼음 기둥】을 만들어낸다.

사리의 예상대로 용암이 넘쳐흐르는 지역과 달리 【얼음 기둥】이 녹지 않았다.

"미안, 갈게!"

사리는 메이플에게 거미줄을 뻗고, 다른 한쪽 손에서 뻗은 거미줄로 얼음 기둥을 쭉 올라간다.

"날아갈게, 메이플! 【도약】!"

"엑? 무, 무슨…… 우왓!?"

거인이 쏘는 용암에 【얼음 기둥】이 녹기 직전에 메이플을 거미줄로 매달고 용암의 파도를 뛰어넘은 사리는 거인을 향해 뛰어든다.

"여기서! 【디펜스 브레이크】."

사리는 그대로 공중에서 메이플에게 뻗은 거미줄을 떼고, 회전하면서 거인의 팔을 베고 등 뒤로 빠져나간다.

그리고 공중에 남겨진 메이플은 그대로 낙하하면 거인의 머리 부근에 부딪친다는 것을 깨달았다.

사전에 이야기했던 협동 공격에 이런 방안도 있었다는 걸 떠올린 메이플이 씨익 웃는다.

"역시 사리야! 그럼, 이건 어떠냐!"

메이플은 양손으로 방패를 들고, 그대로 몸통 박치기를 하는 요령으로 거인의 얼굴을 【악식】으로 집어삼키고 땅에 떨어져 굴러간다.

"아코코…… 다시 공격당하기 전에 떨어져야지."

메이플은 지면에서 얼굴을 들고 거인 쪽을 뒤돌아보면서 거리를 벌린다.

그 사이 거인의 다리를 마구 베면서 움직임을 방해하던 사리도 메이플 쪽으로 돌아온다.

"저건 느리니까 뛰어서 지나갈 수 있을 것 같은데?"

거인을 뛰어넘었기 때문에 앞으로 나아갈 수 있는 통로는 두 사람 바로 가까이에 보였다.

"잡고 가자!"

횟수 제한이 있는 【악식】도 한 번 썼다는 이유로, 메이플은 거인의 다음 움직임을 경계한다.

그것을 보고 사리도 【얼음 기둥】을 만들 타이밍을 잰다.

팔을 높이 쳐든 거인이 조금 전과 똑같이 주먹으로 땅을 내리친다.

그러나 지금까지 같은 용암의 파도는 덮쳐들지 않았다.

"메이플, 발밑!"

"어? 왁!?"

사리가 거미줄을 뻗어 메이플을 구하기도 전에, 이번에는 두 사람의 발밑에서 바위 기둥이 눈 깜짝할 사이에 튀어나와 피하지 못한 메이플을 공중으로 쳐올린다.

"어휴, 지면에서 공격하지 말라니까! 웅—!【히드라】!"

빙글빙글 돌면서 튕겨 올라간 메이플은 되갚아주겠다는 듯이 거인 쪽을 향한 순간 히드라를 쏘았다.

거인은 독 덩어리를 부수고 나서 그래도 떨어지는 메이플에게 주먹을 내리치려 했지만, 딱 맞게【악식】에 카운터를 맞았다. 거인은 대미지 이펙트를 흩뿌리며 팔을 뒤로 뺀다. 머리 위의 HP 게이지를 보건대 잡몹과는 다르게【악식】 몇 번으로 잡을 수 있을 것 같지 않았다.

메이플은 그대로 튕겨 날아가 땅을 굴러갔지만 대미지는 없었다.

"관통 공격이 아니면 괜찮거든! 내 차례야!【흘러나오는 혼돈】!"

갑옷에서 튀어나간 괴물의 아가리가 움직임이 둔한 거인을 붙잡아 더욱 대미지를 가한다.

"독 바다가 더 위험한걸…… 영, 차!"

메이플이 큰 기술을 퍼붓는 사이에 사리는 실과【얼음 기둥】으로 거인의 몸을 뛰어다니며 벤다.

공격을 회피한 만큼 공격력이 상승하는 스킬,【검무】의 효과도 있어 사리의 공격은 상당히 위력적이었다.

"이걸로, 끝이야!"

사리가 목을 대거로 확 가르자 거인은 빛이 되어 흩어졌다.

사리는 메이플이 뿌린 독을 조심하면서, 메이플에게 돌아온다.

“수고했어, 사리!”

“응, 수고했어. 움직임이 둔했으니까 피해서 가는 게 정답이었을까. 보스도 아니고.”

“그럴지도. 총도 튕겨 나갔고. 보스도 저런 식이면 힘들 것 같아.”

“일정한 원거리 공격을 튕겨내는 걸지도 모르겠네. 위력이 더 강한 히드라도 별로 효과가 없었으니까.”

“그렇구나. 그런 것도 있구나. 강하네.”

“……뭐, 내 옆에는 근거리 공격도 튕겨내고, 더 큰 기술을 쓰는 사람이 있지만 말이야.”

“……에헤헤, 팍팍 의지해도 돼!”

“물론. 의지하고 있지.”

메이플은 조금 쑥스러운 듯이 웃은 다음 자기도 사리를 의지하고 있다고 대답했다.

“그럼 갈까, 메이플. 저게 또 나오면 싫으니까.”

“찬성, 찬성! 아, 근데 잠깐만 기다려…….”

메이플은 인벤토리를 재빨리 조작하더니 장비를 변경해 「구원의 손」을 장착했다.

그리고 나타난 하얀 손에 「백설」과 「자수정 결정체」를 들게 하더니, 손을 조작해서 두 방패 사이에 끼어 공중에 떠올랐다.

"계속 지면을 경계하는 것도 힘드니까 이걸로 갈까 해."
"……오케이. 조금 익숙해진 것 같아."
사리는 눈을 슬쩍 뜨고 하얀 두 손을 흘끗 확인한다. 6층 호러 존에서 드롭된 그 장비는 아직 꺼림칙했다.
"쓸래? 원래 사리한테 줄 작정이었으니까 난 괜찮은데."
"한 번 안 되겠다고 생각하면, 좀 그래."
그런 이야기를 하며 사리는 다음 길로 걸어간다. 메이플은 방패에 낀 채 그 옆에서 미끄러지듯이 슥 이동한다.
그렇게 조금씩 내려가는 사이에 두 사람은 어떤 변화를 깨달았다.
그리고 그것은 새로운 광장에 도착했을 때 확신으로 바뀌었다.
"사리, 사리!"
메이플이 눈을 동그랗게 뜨고 사리를 본다.
마찬가지로 사리도 놀란 듯이 메이플을 보고, 다시 눈앞의 광경을 확인했다.
"깜짝이야……. 조금 전까지 용암투성이였는데, 이상해."
두 사람의 눈앞에 펼쳐진 것은 눈으로 덮인 새하얀 지면과 커다란 얼음 벽.
아까와는 다르게, 그곳은 얼어붙은 듯한 하얀 세계였다.

두 사람은 눈과 얼음이 지배하는 동굴 안을 이동해 나간다.

메이플은 방패 사이에서 부유한 상태로 두리번두리번 주위를 확인한다.

"이제 내려도 괜찮지 않아?"

"갑자기 발부터 얼어붙거나 안 해?"

"적어도 나는 평범하게 걸을 수 있어."

사리가 '나는 함정이 있어도 피하겠지만.' 하고 덧붙이자, 메이플은 결국 내리지 않기로 결정했다.

그대로 나아가자 길이 광장으로 이어지고, 거기에 발을 들이자마자 두 사람의 귀에 얼음이 부서지는 소리가 들리기 시작했다.

"메이플, 위!"

"오케이!"

천장의 얼음이 우드득 떨어져 나가고, 얼음으로 된 왕뱀이 땅으로 내려온다.

메이플과 사리는 한입에 삼킬 수 있는 크기다.

"우선 끌어올게!"

사리가 내려온 뱀을 공격하고 그대로 달린다. 그것을 본 메이플은 사리가 주의를 끄는 사이에 뱀의 측면으로 슥 이동한다.

"잠깐 지나갈게요—!"

모든 것을 집어삼키는 검은 방패를 들고 그대로 미끄러지듯이 전진해 무자비하게 뱀의 몸통을 【악식】으로 도려낸다.

"그리고, 일단…… 【히드라】!"

메이플이 쏜 독 덩어리는 뱀에게 대미지를 가하고 나아가 그 얼음으로 된 몸을 독으로 침식해 간다.

"통했다! 좋아!"

메이플은 독이 통하자 기쁜 듯이 소리를 질렀다.

하지만 이만큼 대미지를 주면 큰 뱀의 타게팅이 사리에서 메이플로 넘어간다.

"좋아, 와—! 철벽 방어야!"

두 방패 사이에 엎드리고, 앞은 【악식】이 있는 「어둠의 모조품」으로 커버한다. 안 그래도 단단한데 껍데기 속에 틀어박히기까지 하니 그야말로 철벽이었다.

그러나 큰 뱀도 똑바로 공격할 정도로 단순하지는 않은지, 메이플이 했던 것처럼 옆으로 슥 비키더니 「어둠의 모조품」의 수비 범위 밖인 옆에서 물어뜯었다.

"아! 그쪽은 【악식】이 안 닿아…… 정면으로 오라구!"

메이플이 손을 뻗는 중에 뱀에게 물어뜯기고 있던 방패가 쩌저적 얼어붙기 시작하고, 두 방패의 내구치가 팍팍 줄어든다.

"와와왓! 그, 그건 안 돼!"

"그럼 쓰러뜨려야, 겠네!"

도약한 사리가 머리를 베자 큰 뱀은 빛이 되어 사라졌다.

"고마워, 사리!"

"아니, 거의 메이플 덕분이야. 역시 독이 제대로 들어가면 세구나."

사리는 펼쳐진 독 바다를 보다가 독 안에 반쯤 잠겨 있는 무언가를 발견했다.

"메이플, 뭐가 있는 것 같은데."

"어? 아, 독 안이니까 내가 보고 올게."

메이플은 공중으로 스윽 이동해 그 무언가의 위까지 가서 건져냈다.

소프트볼 정도 크기의 얼음 덩어리다. 얼음 덩어리는 빛을 받아 파랗게 반짝반짝 빛나고 있었다. 메이플은 큰 뱀이 드롭한 그 아이템을 주워든다.

"으음, 아이템인가?"

『만년빙』 사용하면 지정한 영역의【용암】을 굳힐 수 있다. 효과 시간 30초.

"사리! 좋은 게 있었어!"

"그럼 가지고 돌아와—."

"응!"

메이플은 떨어져 있는「만년빙」세 개를 줍고 신중하게 사리에게로 돌아간다.

"아마 사리가 더 잘 쓸 테니까, 가지고 있을래?"

"응? 뭐, 내가 아이템을 쓸 수 없게 되면 곤란하니까 한 개는 가지고 있어."

"알았어! 그럼, 자, 이거!"

사리는 「만년빙」 두 개를 메이플에게 받아 효과를 확인하고는 고개를 끄덕끄덕했다.

"이걸 쓰면 용암이 있는 곳을 지나갈 수 있을 것 같은데……. 어느 쪽일까?"

"어느 쪽이라니?"

"아니, 보스가 용암일까 얼음일까 하는 얘기야. 이 아이템이 있는 걸 보면 용암 쪽으로 더 가면 있으려나."

사리가 반짝반짝 빛나는 「만년빙」을 바라보면서 말하자, 메이플은 조금 고민하는 듯한 표정을 지었다.

"이렇게 예쁜데 써 버리기 아까워……. 더 많이 떨어져 있었으면 좋았을걸."

메이플이 사리의 손안에서 빛나는 「만년빙」을 쳐다본다.

이렇게 예쁜 물건인데 사용하면 없어져 버리는 것이다.

"그럼 찾아볼까, 뱀도 그렇게 세지 않았고. 그리고 그거라면 메이플의 충격도 통할 것 같아."

만약 뱀이 나오지 않으면 자신이 가진 두 개만 가지고 어떻게 해 보자고 사리가 제안했다.

"괜찮아?"

"괜찮아. 그 대신 잘 지켜야 한다?"

"맡겨 줘! 몬스터만 아니면 아픈 것도…… 조금쯤은."

"【피어스 가드】 같은 것도 쓸 수 있으면 좋겠다. 몬스터의 용암 공격은 받고 싶지 않으니까."

뱀이 여러 마리 나온다면 이런 고민도 해결될 거라 생각한 두 사람은 사냥감을 찾아보았지만, 2미터쯤 되는 인간형 얼음 조각상과 얼음 숨결을 내뱉는 박쥐밖에 나오지 않았다.

출현률이 낮은 것인지 아니면 한 번밖에 출현하지 않는 것인지, 결국 두 사람은 노렸던 뱀을 다시 발견할 수 없었다.

뱀 수색에 상당한 시간을 썼을 때 사리가 제안했다.

"오늘은 일단 끝낼래? 메이플의 스킬도 꽤 많이 썼고, 게다가 2층부터 계속 했으니까."

"수확은 있었으니까, 그게 좋을지도!"

공략에 사용할 아이템도 손에 넣었고, 뱀을 찾아다니는 과정에서 얼음 지역의 탐색도 끝났다.

그리고 보스방이 얼음 지역에 없었기 때문에 두 사람은 보스가 용암을 사용할 가능성이 높다는 것을 알게 되었다. 얼음 지역의 맨 안쪽에 있는 메이플과 사리가 용암 쪽으로 돌아가려면 또 시간이 걸리기 때문에 한 번 탑에서 나가 3층 입구에서부터 다시 진행하기로 했다.

"좋아, 다음엔 단숨에 용암 쪽으로 가자. 오늘은 수고했어!"

"응, 바이바이."

마지막으로 높이 솟은 탑을 올려다보고 두 사람은 나란히 로그아웃했다.

만반의 태세로 다음 층으로 진행하려는 이유는 보스가 쉽지 않으리란 걸 예상할 수 있어서였다.

현실세계로 돌아온 카에데는 게임을 정리하고 침대 위에서 기지개를 쭉 켰다.

"후우…… 용암이 있는 곳에서는 날아서 가야 하고, 보스는 어떻게 할까……."

【포학】도 그다지 통하지 않는 것 같아서 어떻게 해야 할지 생각한다.

"리사한테 어떻게 해달라고 할 수밖에 없나……. 굳기만 하면 어떻게 될 것 같은데 말이야."

카에데는 이것저것 생각하면서 1층으로 내려갔다.

2장 방어 특화와 탑 공략.

메이플과 사리는 날을 잡아 다시 3층으로 왔다. 스킬 사용 횟수도 회복되어 준비는 충분하다.

"좋아, 오늘은 보스를 잡자―!"

"응, 그러자. 3층은 적도 성가시니까……. 아마 저 끝에 있을 거야."

두 사람은 다시 「만년빙」을 찾으러 가지 않고 그대로 용암이 나오는 지역에 왔다.

눈앞에는 지난번과 다름없이 용암이 넘쳐흐르고 있다.

"그럼 써 볼까. 아마 여기를 위한 아이템일 테고."

사리가 「만년빙」을 사용하자 발밑에 눈보라가 불어 용암을 검게 굳히고 그대로 얼음으로 덮어 나간다.

그리고 삽시간에 용암이 넘쳐흐르는 지면이 얼음의 대지로 변모했다.

"어……라, 예상보다 더 많이 굳었는데, 서두르자 메이플! 녹으면 또 써야 하니까."

"아, 응! 그렇지!"

메이플은 곧바로 떠 있는 방패에 당연하다는 듯이 끼어서 이동한다.
하지만 방패에 끼어 있는 메이플의 이동 속도는 걸을 때와 크게 차이가 없어서, 반쯤 갔을 때 용암이 지면의 얼음을 깨뜨리고 부글부글 솟기 시작했다.
"메이플, 가자! 내려와, 내려와!"
"앗, 응! 알았어!"
메이플은 방패 틈새로 스르륵 빠져나와 사리에게 거미줄로 매달려 질질 끌리면서 용암 지대를 빠져나간다. 방패에 낀 상태로 완전히 막을 수 있을지 알 수 없는 이상, 방패가 부서지지 않는다고 확신할 수 없다면 정공법으로 달려서 빠져나가는 것이 최선이다.
하지만 그러는 사이에 천장 근처까지 치솟는 용암 불기둥이 부활하고 말았다.
"우우…… 허,【헌신의 자애】!"
메이플은 주저하면서도【헌신의 자애】를 발동해 사리를 지킨다.
그리고 대미지에 대비해 눈을 감고 몸을 꽉 움츠렸지만 아픔은 없고, 대신 부유감이 찾아왔다.
"이거라면 뿜어져 나오기 전에 빠져나갈 수 있어!"
"……? 오, 오오—!"
메이플이 6층에서 입수해 사리에게 준 신발에 부여되어 있던 스킬【황천으로 가는 걸음】.

이 스킬로 사리는 공중에 발판을 여러 개 만들어 상공으로 도망쳐서 안전지대로 날아든 것이다.

"메이플 덕분에 낙하 대미지가 없어서 다행이야."

"고마워, 사리! 후…… 덕분에 불에 안 타도 됐어……."

메이플은 지금도 뒤에서 번쩍번쩍 빛나는 용암을 보고 안심한 듯이 말했다. 사리를 지키기 위해【헌신의 자애】를 썼지만 가능하다면 역시 아픔은 느끼고 싶지 않은 것이다. 메이플은 주위가 안전하다는 걸 알게 되자 안도한 모습으로 일단【헌신의 자애】를 해제했다.

두 사람은 그대로 앞으로 나아가 별다른 장해도 없이 보스방의 문을 발견했다.

"오, 진짜 여기 있었네."

"예상대로네!"

"역시 저기가 제일 난관이었던 것 같아. 그럼, 간다?"

"응, 가자! 난 준비 다 됐어!"

그렇게 말하고 메이플이 팔을 빙빙 돌리는 것을 보고, 사리는 그렇다면 좋다며 문을 연다.

그렇게 안으로 들어가자 지면에 펼쳐진 용암 때문에 바닥이 징검다리처럼 되어서 움직임이 제한되는 공간이 기다리고 있었다.

"우우우…… 난 날고 있을게."

메이플은 그걸 보고 두 방패 사이에 끼어 슥 떠오른다.

회피 범위가 제한되기 때문에 사리에게도 어려운 필드다.

"나도 어렵겠는데……. 그런데 보스는…… 온다!"

두 사람이 경계하는 가운데 땅이 흔들리고, 맨 안쪽의 용암 웅덩이가 크게 방울을 튀기며 형태를 갖추어 간다.

그리고 나타난 것은 활활 타는 용암으로 된 거인이었다.

"사리, 사리! 엄청 세 보이는데!?"

"「만년빙」은 피할 수 없을 만큼 큰 기술이 오면 써!"

"맡겨 둬! 위에서 잘 보고 있을게!"

그리고 메이플은 방패에 낀 채 고도를 올린다.

용암 계열의 적은 메이플에게 고정 대미지를 가할 가능성이 높기 때문에 【헌신의 자애】를 쓰기 힘들다.

"【얼음 기둥】…… 안 되나. 오케이."

사리는 【얼음 기둥】을 쓸 수 없다는 것을 확인하고, 안전지대를 교묘하게 뛰어 옮겨 다니면서 거리를 좁힌다.

"【고대의 바다】!"

그리고 제2회 이벤트에서 입수한 스킬을 쓰자 이동하는 사리 주위에 공중을 하늘하늘 헤엄치는 파란색 물고기가 나타난다.

"【워터 볼】!"

사리는 도중에 만난 용암 새에게 했던 것처럼 이번에는 물

속성 공격을 시도한다.

거인은 움직임이 느려서 물 마법도, 물고기가 흩뿌리는 【AGI】 감소 물도 맞히기는 쉬웠다. 명중하자 거인의 일부가 검게 변하는 것을 확인할 수 있었다.

"과연. 응, 저게 이동할 때마다 발판이…… 앗, 크!"

거인이 지면을 기어가듯이 나아갈 때마다 거인이 흩뿌리는 용암에 바닥이 사라진다.

잠시 지나면 다음 바닥이 나오지만 뛰어 넘어가는 타이밍이 빠듯하다.

그런 와중에 거인은 용암 팔을 쳐들었다가 사리를 향해 내리쳤다.

"……!"

사리는 【황천으로 가는 걸음】으로 공중에 발판을 만들어 우격다짐으로 회피한다.

그러나 내리친 지면에서 부채꼴로 불꽃이 뿜어져 나와 사리를 따라잡으려 한다.

"잘 보고 있었, 거든!"

사리에게 불기둥이 직격할락 말락 하는 타이밍에 메이플이 그렇게 두지 않겠다며 내려온다.

사리와 불기둥 사이에 미끄러져 들어온 메이플은 떠 있는 두 방패 위에 올라탄 채 손에 든 칠흑의 방패를 아래로 비스듬히 꽉 들고 불기둥을 받아낸다.

"사리, 긴급피난! 긴급피난!"

"으, 응, 고마워."

사리가 메이플의 방패에 뛰어 올라타자 메이플은 그대로 엘리베이터처럼 스윽 상승했다.

"왓, 밑에서 엄청나게 날뛰고 있어."

메이플이 아래를 보자 거인은 지면을 돌아다니면서 팔을 내리쳐 불기둥을 만들어내고 있었다.

"이 높이에선 불기둥도 안 닿는 것 같으니까, 우선 작전 회의를 하자."

"그럼 발판도 불안정하니까 시럽을 부를게!"

메이플은 시럽을 불러내고 거대화시켜 떨어지지 않도록 신중하게 방패에서 옮겨 탔다.

"대공 성능이 떨어지는 적은 확인하고 나서 작전을 세울 수 있어서 편하네……. 평범하진 않지만."

"자, 자, 이쪽으로 오시죠."

"응, 그럼 실례합니다~."

이렇게 해서 두 사람은 불타는 필드 위에서 느긋하게 작전 회의를 시작했다.

두 사람은 잠시 이야기한 뒤, 우선 안전한 상공에서 메이플의 【애시드 레인】과 【기계신】의 총격을 시험해 보았다.

그 결과, 독과 총격은 효과가 없고 시럽의 정령포는 재사용

시간이 길기 때문에, 조금 전 효과를 확인한 사리의 물 마법을 주체로 삼기로 결정했다. 거기에 메이플은 안전대책으로 하얀 장비로 변경하여 HP를 늘리고 【헌신의 자애】에 포함되어 있는 대미지 무효화 스킬 【이지스】를 준비한다.

메이플은 포션으로 HP를 최대치까지 회복하고 사리에게 준비가 완료됐다고 전했다.

"준비 완료! 언제든 괜찮아―! 후후, 【헌신의 자애】 말고 다른 걸 쓰는 건 오랜만이야."

"그럼 메이플, 방패 띄워 줄래? 그래그래…… 다음은."

메이플은 높이를 조금 다르게 해서 두 방패를 띄운다. 낮은 쪽에 올라탄 사리는 떨어지지 않게 거미줄로 다리와 방패를 연결했다.

"슈욱―. 어때? 닿아?"

메이플은 그대로 방패를 스윽 미끄러뜨려 고도를 낮추고 사리의 마법이 아슬아슬하게 거인에게 닿는 위치까지 간다.

"상대가 움직이는 데 맞춰 주면 괜찮으려나. 무슨 일이 생기면 대피할게."

사리가 타고 있는 방패와 시럽 사이에 하나 더 띄운 방패는, 이른바 중계지점이다.

방패가 메이플에게서 떨어지는 데는 한계가 있기 때문에, 이 거리를 유지한 채 거인에게 맞춰 플로어를 빙글빙글 이동한다.

"으음, 역시 어렵네……. 사리! 어때—?"

"진짜로 굳을지는 모르겠지만 제대로 맞힐 수 있게 겨냥하고 있어! 대미지는 들어가고 있는데……."

"물론! 영차, 시럽도 힘내."

그렇게 말하고 메이플은 등과 팔에서 돋아난 검은 포탑을 아래로 겨눈다.

사리는 마법에 특화되어 있지 않은 데다 혼자라는 점도 있어서 상당히 시간이 걸렸지만 차츰 검은 부분이 늘어가고, 몇 번이나 맞힌 끝에 용암으로 된 거체의 나머지 부분이 단숨에 검게 굳어졌다.

알기 쉬운 공격 기회. 그것을 신호로 메이플이 공격을 개시한다.

"【공격 개시】! 시럽 【정령포】!"

메이플과 시럽에게서 포탄과 광선의 비가 쏟아진다.

그 공격은 거인의 식은 부분에 명중해 HP를 퍽퍽 깎는다.

"됐다! 총도 통하게 됐어!"

메이플이 기뻐하며 공격하는데, 거인의 몸이 다시 붉게 빛나기 시작했다.

"아아— 벌써 끝나 버렸어. 사리, 부탁……해?"

메이플이 사리에게 다시 굳혀 달라고 말하려던 그때. 불타오르는 거인이 메이플 쪽으로 천천히 팔을 돌리고 한층 커다란 불꽃을 쏘았다.

"메이플, 방어!"
"어, 어어! 【이지스】!"
메이플이 만들어낸 빛이 확 퍼져서 두 사람과 시럽을 한꺼번에 감싼다.
용암 덩어리의 붉은빛이 시야를 뒤덮었지만 빛은 모든 것을 무효화하고 두 사람을 지켜냈다.
빛이 서서히 희미해지고 시야가 원래대로 돌아오자 두 사람은 거인을 확인했다.
"엑!? 사리, 저게 뭐야!"
거인이 있던 장소를 본 메이플의 눈에 파랗게 빛나는 덩어리가 지면에서 약간 떠 있는 광경이 들어왔다.
"불꽃……이 아니야? 얼음?"
마치 사리의 말을 들은 것처럼 파란 덩어리를 중심으로 얼음이 퍼져 나간다.
얼음은 용암 바닥을 덮어씌우고 벽을 타고 올라가 천장에 커다란 얼음 기둥을 만들었다.
그리고 나무가 자라나듯이 덩어리에서 얼음이 뻗어 나오고, 이번에는 얼음 거인이 일어섰다.
"형태 변화!? 하지만 HP는 줄어든 그대로고, 게다가……."
사리는 메이플 쪽을 보고 미소를 지었다.
"얼음이라면 나도 싸울 수 있어, 사리!"
"상대방 쪽에서 약체화를 해 줬네."

"후후후—, 그럼【공격 개시】!"

메이플이 공격하자 불꽃 형태일 때와는 달리 처음부터 대미지가 들어갔다.

그러나 유리하다 해도 일방적으로 공격할 수 있는 건 아니었다.

"좋아, 이대로…… 엑?"

아래를 향해 공격하던 메이플은 자신의 발밑에 갑자기 그림자가 드리운 것을 깨닫고 불현듯 위를 본다.

부러져 떨어진 얼음 기둥이 닥쳐오고 있었다.

"앗…… 아야! 우우……."

얼음 기둥은 엄청난 소리를 내며 메이플의 병기를 부숴 버리고, 피하려던 메이플의 등에 직격해 붉은 대미지 이펙트를 뿌렸다. 용암 형태의 지형 대미지가 주로 아래쪽에서 왔던 것에 비해, 얼음 형태에서는 주로 위에서 오도록 바뀐 것이었다.

"방어 관통! 메이플, 시럽도 돌려보내! 마구 떨어지고 있어!"

그렇게 말하자마자 사리는 얼음 기둥을 만들어 스스로 아래쪽으로 미끄러져 내려간다.

메이플은 시럽을 반지로 되돌리고 그대로 땅을 향해 떨어진다.

"【퀵 체인지】…… 좋아!"

"좋아, 공격한다!"

"응, 이걸로 공격 모드!"

메이플은 검은 장비로 바꾸고 머리 위를 조심하면서 전투태세를 취한다.

사리도 사용할 수 있게 된 【얼음 기둥】으로 얼음 기둥을 만들어냈다.

딱 두 사람이 공격으로 전환하려던 타이밍에 지면에 희게 빛나는 냉기가 퍼지고 커다란 소리를 내며 얼음 파도가 덮쳐온다.

"메이플, 온다!"

"【흘러나오는 혼돈】! 【공격 개시】!"

메이플이 날린 괴물이 얼음 파도에 부딪쳐 얼음을 부순다. 그러나 그랬는데도 얼음의 일부가 메이플에게 직격해 자세가 무너진다.

그러나 대미지로 이어지지는 않는다.

"그냥 공격이라면 괜찮아!"

사리는 그 틈에 날렵하게 【얼음 기둥】으로 넘어가 거체의 어깨에 올라타더니 목에서부터 머리를 벤다.

거인의 어깨 부근에서 방어하기 위해 튀어나오는 얼음 가시와 떨어지는 얼음 기둥을 좁은 발판으로 교묘하게 피하면서, 【검무】의 푸른 오라를 흩뿌리며 공격을 계속한다.

"좋아. 불에 안 타면 간단하네."

"어라?"

메이플은 얼음 기둥을 피하기 위해 얼음 파도와 거인의 주먹은 신경 쓰지 않고 이동하면서 공격하다가, 어느새 몸에 희미하게 서리가 낀 것을 깨달았다.

메이플은 탁탁 털었지만 지워지지 않았다.

"사리, 조심해! 뭔가…… 뭔가가 얼어 붙……은 건가?"

메이플은 뛰어다니는 사리에게 위기감 없이 주의를 주다가, 지금은 특별히 영향이 없다고 판단해 공격을 계속한다.

"……메이플에게 효과가 없는 건 너무 많은걸……. 조심할게!"

HP가 감소함에 따라 공격이 거세지고 위력도 올라갔지만, 속도를 살려 공격하는 적이 아니기 때문에 사리는 딴생각을 하면서도 여유롭게 회피할 수 있었다.

그리고 대미지를 축적해 가자 거인에게서 한층 강한 냉기가 방출되고 거인의 중심에서 붉은 용암의 빛이 쏘아지기 시작했다.

"메이플, 용암 형태가 되기 전에 끝내!"

사리는 마지막으로 거센 난격을 가하고 공중을 달려 대피한다.

"맡겨 둬, 【히드라】! 【흘러나오는 혼돈】! 【포학】!"

쏘아낸 공격을 받고 휘청거리는 거인에게 괴물로 변한 메이플이 돌진한다.

냉기를 물리치듯이 입에서 불꽃을 뿜고는 그대로 얼음으로 된 몸을 찢어발기고 물어뜯는다.

"이걸로, 끝이야!"

지면에서 대량의 얼음 가시가 뻗어 나오기 시작하는 가운데, 메이플은 불꽃을 내뿜으면서 마지막 일격을 가했다.

그러자 거인의 몸이 빠직빠직 소리를 내며 말단부터 무너져가고, 마침내 얼음 덩어리는 빛의 입자가 되어 공중에 녹아들어 갔다.

"이겼다……. 으, 공중에 있으면 안전할 줄 알았는데."

메이플은 괴물 모습인 채로 침울한 듯이 엎드린다.

"수고했어. 응? 스킬 획득?"

"아, 나도야! 확인, 확인."

사리와 메이플은 예상외의 알림에 스테이터스 화면을 열고 획득한 스킬을 확인했다.

"진짜, 그 상태로 어떻게 확인하는지 신기하다니까……."

사리가 괴물 모습의 메이플을 보고 중얼거리면서 확인하자 【대분화】라는 스킬이었다.

【대분화】

소비 MP 50. 발동 전 30초간 경직. 3분 후 재사용 가능. 직선상에 위력이 높은 용암을 쏘면서 1분간 지면에 방어를 무시하는 대미지 필드를 생성한다.

"좋은데. 메이플의 새로운 공격 수단이 되려나. 어떡할래? 슬롯에 설정할래?"

장비 슬롯에 설정하면 MP가 부족해도 횟수 제한 조건으로 스킬을 발동할 수 있다.

"어떡할까아."

"……먼저 4층을 보러 가 볼까?"

"응! 그러자!"

【대분화】는 지금 당장 필요하지는 않다. 우선은 4층을 확인하자며 두 사람은 걸어갔다.

342이름:무명의 대검 유저
다들 탑은 얼마나 올라갔어?

343이름:무명의 방패 유저
난 이번에는 천천히 하고 있어서 2층을 깬 참이군
그리고 이번에는 메이플이 없어

344이름:무명의 마법 유저
좀 전에 4층 보스를 잡았어

345이름:무명의 창 유저

4층 공략 도중
근데 메이플은 없나

뭐 없어도 어떻게 될 것 같지만

346이름:무명의 대검 유저
최종병기 같은 거니까
언제든 그 성능을 발휘하겠지만
메이플을 기준으로 하면 보스는 살아있지 않을걸

347이름:무명의 방패 유저
메이플은 사리랑 둘이서 최고 난이도를 공략하고 있어

순조롭게

348이름:무명의 활 유저
둘이서 이길 수 있는 적이 아니었던 것 같은데

보통은

349이름:무명의 창 유저
둘의 스펙이 완전 높으니까 말이야

사리도 공중을 뛰어다니는 걸 봤는데 제공권을 가질 수 있으면 세지

350이름:무명의 대검 유저
3층은 공중에 대한 살의가 강했지
불기둥 같은 것도 제법 높았고

351이름:무명의 방패 유저
정보만 봤는데 실제는 어떤 느낌이었어?

352이름:무명의 창 유저
전반은 고정 대미지
후반은 전역에 방어 관통 얼음 기둥이 떨어져 내려
그래도 범위는 넓지만 기본적으로 떨어지기 전에 예비동작이 있어서 피하려고 하면 피할 수 있어

그리고 보스전 후반은 공격을 받을 때마다 모든 스테이터스 다운이 걸리는 정도군

353이름:무명의 활 유저
공격은 기본적으로 받는 것보다 피하는 느낌이었지, 3층은
그리고 도중에 입수할 수 있는 용암이랑 얼음 아이템을 써서

편했어

354이름:무명의 마법 유저
아이템…… 쓰게 되지
안 쓰면 스킬을 입수할 수 있다는데
주운 템을 바로 써서 냅다 달렸어

355이름:무명의 창 유저
다른 층에도 뭔가 못 보고 지나가는 게 있겠지
정보가 없어서 그냥 예상이지만

356이름:무명의 방패 유저
1층은 폭탄을 안 쓴다든가?
대형 망치로 잡게 하는 쪽이 좋았을지도 모르겠다
우리 쌍둥이는 평타로 방벽을 깨부쉈거든

357이름:무명의 대검 유저
그게 스킬 없이 깨져!?

358이름:무명의 방패 유저
메이플식 영재교육의 산물이지

359이름:무명의 마법 유저
그 수업 받고 싶네

360이름:무명의 창 유저
메이플도 역시 폭탄을 썼을 것 같아
2층은 키 아이템 같은 것도 모르겠으니까 3층 정도일까
메이플이 3층의 스킬을 손에 넣었다면 얼음이나 불을 쏠 수 있게 되겠지

361이름:무명의 대검 유저
불은 이미 뿜고 있잖아!

362이름:무명의 활 유저
정확하게는 쏠 수 있는 건 용암
불도 뿜을 수 있으니까 용암쯤은 뿜어도 이상하지 않아

363이름:무명의 마법 유저
이상해
그리고 얼음도 용암도 플레이어가 뿜는 게 아닐 텐데
적어도 쏴 달란 말이야

364이름:무명의 대검 유저

자연스럽게 뿜는다는 단어가 나온 건 스스로도 놀랐어

365이름:무명의 방패 유저
메이플이라면 괴물 형태로 뿜어내는 정도는 할 것 같아

366이름:무명의 마법 유저
이 이상 플레이어에서 멀어지지 말아줘

367이름:무명의 방패 유저
그 둘은 탑을 끝까지 오를 테고
나도 오랜만에 열심히 탱킹을 해야지

368이름:무명의 창 유저
진짜 메이플이 없어도 【단풍나무】는 세니까 말이야
메이플이 없어도 히든 보스에서 라스트 보스가 되는 정도

369이름:무명의 마법 유저
하지만 메이플한테는 4층이 3층보다 더 애를 먹을지도
도중은 뭐 괜찮은데…… 보스가 말이야

370이름:무명의 창 유저
일리 있군

371이름:무명의 방패 유저
진짜? 그렇게 어려운가…… 확인해 볼게

372이름:무명의 마법 유저
놈이라면 메이플에게 정신적 대미지쯤은 줄 것 같아

373이름:무명의 대검 유저
과연 그렇군

374이름:무명의 마법 유저
내가 잡은 보스한테 메이플 격파를 요구하는 건 너무하지
하늘만 못 날았어도 이야기는 달랐겠지만

그런 대화가 오가는 가운데, 메이플과 사리는 4층으로 갔다.

3장 방어 특화와 탑 4층.

두 사람은 스킬 확인을 마친 뒤, 내친김에 4층을 가기로 했다.

"그대로 가는 거야? 메이플."

"【포학】을 해제하긴 아까워서……."

사리가 앞에서 걸어가고 뒤에서 괴물 모습의 메이플이 따라간다.

그리고 두 사람은 이야기를 하면서 보스방 안쪽에 있었던 4층으로 이어지는 계단을 오른다.

"도중에도 스킬을 입수할 수 있었네."

"아까 그…… 뭐더라, 【대분화】였나? 난 MP랑 경직이 곤란해."

사리도 MP가 적어서 쓰기가 쉽지 않다. 게다가 회피 중심의 전투 스타일과도 상성이 나빴다.

"메이플이라면 경직은 어떻게 될 거고. 대미지 필드를 잘 사용하면 방어력이 높은 보스랑 싸울 수 있을지도 모르겠네."

"응! 하지만, 내가 안 밟게 조심해야겠어……."

"후훗, 폭발로 날아갈 때는 특히 조심해야 할걸?"

사리는 그렇게 말했을 때 무언가 짚이는 것이 있는 듯 메이플 쪽을 돌아보았다.

"……메이플. 생각해 봤는데 탑을 깰 때까지 세팅을 안 하는 게 좋지 않을까?"

"그런가?"

"이 탑을 다 오르면 메달도 받을 수 있으니까, 메달 스킬을 보고 나서 하는 게 좋을 것 같아."

이번에 탑을 끝까지 오르면 은메달이 10개가 된다. 그렇게 되면 제2회 이벤트 때와 똑같이 스킬을 입수할 수 있다. 그때 더 강력한 스킬이 있을지도 모른다.

장비에 스킬을 부여하면 돌이킬 수 없기 때문에 서두르지 않는 것이 좋다.

"공격력은 충분하지?"

"공격도 방어도 문제없습니다!"

"그럼 지금은 놔두고 다음으로 가자. 저기 봐, 벌써 다음 층의 빛이 보이기 시작했어."

어둑어둑한 계단을 다 올라가자 소리를 내며 떨어지는 물과 그 너머에 펼쳐진 숲이 보였다.

4층 입구는 폭포 뒤편에 뚫린 굴로 이어져 있고, 아래에는 폭이 넓은 강이 흐르고 있었다.

폭포와 절벽 틈새로 바깥을 확인하니 탑 안인데도 위를 올려다보면 하늘이 있고 멀리 바다 같은 것도 보였다.

"오—! 엄청 넓어!"

"그러네, 우선…… 내려갈까?"

굴에서부터 발판이 이어져 있어서 거기서 강으로 내려갈 수 있는 모양이었다.

하지만 발판은 사람 크기에 맞다. 메이플은 지금의 괴물 모습으로 통과할 수 없다.

"메이플이라면 뛰어내려도 괜찮으려나?"

"응, 이 정도 높이라면 문제없을 것 같아."

사리가 절벽을 따라 발판을 내려가는 동안, 메이플은 폭포에 돌진하듯이 뛰어내려 커다란 소리를 내며 용소에 떨어졌다.

잠시 후, 용소에서 아무 일 없었다는 듯이 괴물이 머리를 쑥 내민다.

"꽤 깊어! 이대로라면 헤엄쳐야 할지도 몰라!"

"음, 숲 쪽으론 못 들어가고…… 이러면 강을 따라 내려갈 수밖에 없을 것 같네. 시럽을 타고 날아갈래?"

"【포학】을 해제해야 하는데…… 어떡할까?"

"그렇구나, 그럼 됐어. 이대로 팍팍 진행하고 싶거든!"

사리는 귀중한 공격력을 우선하기로 했다.

3층에서 공중 이동이 제한되는 얼음 기둥을 그만큼이나 떨어뜨리고 왔는데, 공중으로 가는 걸로 4층을 통과할 수 있을 리가 없다고 생각한 것이다.

"오케이! 아, 있잖아, 사리, 등에 탈래? 물속엔 몬스터가 있는 것 같은데……."

"그래?"

"아까부터 엄청 물리고 있어—."

그렇게 말하고 메이플이 여섯 개의 다리 중 하나를 물에서 들어 올리자, 물고기 몇 마리가 물어뜯은 채로 퍼덕퍼덕 움직이고 있었다.

"그럼 얻어 탈까. 아무래도 물속을 경계하는 건 힘드니까."

"후후후, 강을 타고 내려갑시다—!"

메이플은 사리를 등에 태우고 여섯 개의 다리를 능숙하게 움직여 천천히 강을 내려가기 시작했다.

그렇게 잠시 강을 내려가는 동안은 숲에서 무언가가 습격하는 일도 없이 평화로웠다.

메이플의 【헌신의 자애】가 지켜주고 있어서 경계할 대상도 제한된다. 지상에서 오는 방어 관통 공격 위주로 경계하게 되면 상당히 편해진다.

"메이플, 물속은 어때?"

"물고기 같은 게 이것저것 있는 것 같아. 가끔 할퀴어서 잡아버려……."

메이플은 무언가가 불행하게 말려든 증거로 아주 조금씩 경험치가 들어올 때마다, 미안한 듯이 여섯 개의 다리 중 두 개를 모은다.

"물속에 들어가는 건 위험하니까 난 낚시라도 해 볼까. 귀한 소재가 있을지도 모르고."

"낚시…… 나도 좀 더 낚을 수 있으면 좋을 텐데."

스테이터스가 치우쳐 있는 메이플은 몇몇 스킬에 제한이 있어서 1시간을 해도 세 마리 정도밖에 낚아 올릴 수 없었다.

"메이플은 잠수도 그렇잖아. 뭐, 적재적소라고 생각해…… 영차!"

사리는 물속에 낚싯줄을 늘어뜨리고 느긋하게 낚시를 시작했다. 잠시 후 본 적도 없는 물고기가 낚였지만 아이템 상세 설명을 확인해도 딱히 특수한 효과는 없고 그냥 맛있는 물고기였다.

"다른 사람들도 4층에선 헤엄치고 있을까?"

"어떨지……. 물속은 몬스터로 가득하지? 메이플이랑 똑같은 방법으로는 안 내려가지 않을까. 마을 가게에 보트 같은 것도 있었고."

"보트…… 좋은데……. 있잖아, 사리, 다음번에 타자!"

"좋아. 앗, 또 낚았다…… 응?"

"왜 그래 사리?"

"기분 탓……이 아니야. 흐름이 빨라졌어!"

물살이 빨라지면서 강 중간에 있는 커다란 바위가 보이기 시작했다. 보트 같은 것이 부딪치면 무사하기 어려우리라.

"사리, 안 떨어지게 꽉 잡아! 부딪쳐도 아마 괜찮을 거야!"
"원래는 피하는 거라고 생각하지만…… 뭐 됐어. 온다!"
사리가 거미줄로 메이플에게 몸을 고정하고 【헌신의 자애】 범위에서 벗어나지 않도록 했을 때, 물에 떠밀려서 헤엄칠 새도 없이 메이플의 몸이 하류로 흘러간다.
"좋아! 역시 괜찮아! 어때, 사리!"
몸 크기 탓도 있어서 피하지 못하고 번번이 장해물에 충돌하지만 메이플에게 대미지는 없다. 메이플은 격류 속을 마구잡이로 떠내려가면서도 의기양양하게 등에 있는 사리에게 말을 건다.
"읏…… 스, 승차감은 꽤나…… 메이플! 앞, 앞!"
"에? 왓! 와—앗!?"
큰 바위에 연속으로 충돌해 메이플이 균형을 잃고 물속에 가라앉는다.
사리는 순식간에 메이플에게서 거미줄을 떼고 바위에 달라붙어 화를 면했다.

"아이구……. 메이플, 어딨어!?"
사리는 공중에 발판을 만들고 거미줄을 써 멀리 있는 바위로 옮겨 다니면서 메이플을 수색했다.
하지만 검은 거체는 어디에도 보이지 않는다.
게다가 사리가 공중으로 가자 그에 반응하듯이 물속에서 물화살이 잇달아 날아든다.
"방해하지 마!"
사리는 몸을 비틀어 물화살을 피하고 바위 위에 착지한다.
"일단 물화살은 안 날아오게 됐지만, 물속은 몬스터로 꽉 차서 잠수하지 못하는데…… 응?"
초조해하는 사리의 시야에 검은 덩어리가 바위에 부딪혀 튀어 오르는 모습이 들어왔다.
사리는 다시 한번 공중을 달려, 물화살을 피하면서 물속에 거미줄을 쏜다.
"잡아…… 좋았어!"
정확한 손맛을 느낀 사리는 바위에 몸을 고정하고 힘을 주어 끌어올린다.
그러자 물속에서 사람으로 돌아온 메이플이 모습을 드러냈다.
"영, 차! 괜찮아, 메이플?"
"으에에…… 빠졌어……. 고마워, 사리."
"질식해서 【포학】이 풀린 건가. 응, 뭐 무사해서 다행이야."
"빙글빙글 돌아서…… 어디로 떠내려왔는지 몰랐어……."
메이플은 눈이 핑핑 도는 듯 바위 위에 털썩 주저앉는다.
"우선 쉴까. 메이플도 힘들었을 거고, 어떻게 강을 내려갈지도 생각해야 하니까."
이제 메이플의 등에 타고 갈 수 없는 데다, 하늘로 가면 물화살이 날아온다.

"그, 그러네……. 우선 쉬고 나서……. 으으, 강물을 멈출 수 있으면 좋을 텐데."

"무슨 수도꼭지도 아니고……. 하지만 확실히 그럴 수 있으면 편하겠다."

메이플이 진정될 때까지 두 사람은 바위 위에서 잠시 쉬기로 했다.

그렇게 해서 두 사람은 잠시 바위 위에서 낚시를 하면서 휴식했다. 몬스터는 낚을 수 없는지 위험한 물고기도 낚이지 않아, 사리는 이즈에게 줄 소재를 잇달아 입수해 간다.

한편 메이플은 변함없이 전혀 낚지 못하고 있었다.

"우우, 틀렸어."

"스테이터스는 안 바뀌었으니까. 그런데, 어때? 기운 차렸어? 역시 시럽에 타고 갈 수밖에 없을 것 같은데."

"보트 같은 건 안 가지고 있으니까."

메이플의 등에 타고 물속의 몬스터를 무시하며 돌파해 버렸기 때문에, 두 사람에게 보트 같은 건 없었다.

정공법을 시험하려면 탑에서 한 번 나가야 하는 것이다.

"우우…… 그 물화살은 관통 공격일까……."

"가능성은 높을 것 같아. 굳이 화살 모양을 하고 있으니까."

사리가 시험해 본 결과 어느 정도 위력이 있는 공격을 맞히면 화살은 부서져 사라진다는 것과 방어 관통 공격이라는 것을 알 수 있었다. 하지만 부술 수 있으니 억지로 지나갈 수는 있었다.

"【헌신의 자애】는 쓰고 싶지 않지만, 안 쓰면 시럽을 지킬 수 없고……."

"방패에 타고 갈래? 잘 방어하지 않음 맞을 것 같지만."

"그렇게 하자! 가능하면 한 번도 안 맞는 걸로……."

"노 대미지로 가고 싶으니까. 발판을 억지로 만들어서 어떻게 해 볼게. 아, 하지만 메이플도 열심히 공격해야 해?"

"나한테 맡겨! 후후, 총알이랑 화살의 승부네!"

메이플은 장비를 변경한 뒤 병기를 전개하고, 공중에 뜬 흰 두 손에 방패를 들린다.

"발판은 「어둠의 모조품」으로 할까. 다른 건 부서지면 곤란하니까."

메이플은 내구치가 높고 부서져도 원래대로 돌아가는 【파괴성장】을 가진 「어둠의 모조품」을 수면과 평행하게 놓고 사리와 나란히 그 위에 탄다.

"다른 하나는…… 사리 뒤에!"

메이플은 방패 위에 정좌하고 눈앞에 방패를 든다.

발판이 되는 방패의 양쪽에는 수면을 향해 총구와 포구가 늘어서 있다.

"오오…… 완전무장이다."

"전부 쏴서 떨어뜨리면 걱정 안 해도 되니까!"

"그럼 놓친 건 내가 어떻게든 할게."

"응! 그럼 출발—!"

메이플은 방패를 천천히 미끄러뜨려 바위에서 멀어진다.

그에 맞춰 수면에서 물이 튀는 소리와 함께 물화살이, 메이플에게서는 응수하듯이 총알이 쏘아졌다.

"가라—! 쭉쭉 나가라—!"

"제압력은 우리가 더 위네!"

물속의 몬스터도 꿰뚫으면서 두 사람은 순조롭게 나아간다.

사리가 나설 차례는 오지 않은 채로 두 사람은 계속해서 강을 내려간다.

"이 정도 화살이라면 문제없어!"

"시럽에 탔으면 또 달라졌을지도 모르겠네. 단지, 어차! 조금 격해졌나?"

사리가 새기 시작한 물화살을 쳐서 떨어뜨리며 말한다.

"그럴지도? 발판으로 쓰는 방패에서 철썩철썩 소리가 나."

"그렇지…… 응? 메이플! 앞에 뭔가 있어!"

"좋아! 그것도 꿰뚫어 주겠어!"

메이플이 총구를 겨눈 곳에는 50센티미터 정도의 물고기가 몇 마리나 수면에서 튀어 올랐다가 물속으로 돌아가기를 되풀이하며 다가오고 있었다.

"……날치?"

“강이지만. 적……일까?”

물고기는 메이플이 쏜 총알을 교묘하게 피하고 다가온다.

“화살이 없었으면 더 많이 쏠 수 있는데!”

그렇게 말하는 메이플 바로 밑에서 튀어 오른 몬스터가 날붙이처럼 번쩍 빛나는 지느러미로 세차게 공격한다.

대부분이 방패에 튕겨 물속으로 돌아갔지만 일부는 메이플의 총과 포를 잘라내며 지나갔다.

“아아아아아! 내, 내 무기!”

“메이플, 화살!”

메이플의 병기가 부서져, 잘 억제하고 있던 물화살이 두 사람을 노리고 날아온다.

사리는 순식간에 메이플에게 거미줄을 휘감고 【황천으로 가는 걸음】으로 발판을 만들고는 보이지 않는 계단을 오르듯이 공중으로 달려 올라갔다.

그 뒤를 쫓듯이 헤아릴 수 없을 만큼 많은 화살이 새로 날아온다.

“메이플, 다시 전개해! 그리고…….”

“알고 있어! 【히드라】!”

메이플이 쏜 독 덩어리는 작은 물화살을 전부 삼켜 버리고, 발판으로 삼고 있던 방패부터 물속까지 전부 독 바다에 가라앉힌다.

“좋아! 【공격 개시】!”

메이플의 공격 준비가 끝난 것을 확인한 사리가 발판 만들기를 멈추고 두 사람은 방패 쪽에 그대로 낙하한다.
메이플은 다시 날아온 물화살을 재전개한 병기로 요격하고 사리를 끌어안고 방패 위에 등으로 착지했다.

“방패도 독에 절었어…….”
“다시 근처 바위에서 쉬고 싶은걸. 여기저기 묻어 있는 독도 무섭고.”
사리는 공중에 발판을 만드느라 내려간 스테이터스를 원래대로 돌려놓고 싶기도 했다.
“강을 내려가는 건 힘들구나…….”
“하지만 이제 제법 내려왔어. 저기 봐, 폭포도 저렇게 멀어졌고.”
“오, 그럼 골인이 가까울까?”
“그럴지도. 그렇게 되면 보스전이겠지만.”
“우, 결국 또 힘내야 하나.”
메이플은 방패를 슥슥 움직여 마치 중계지점처럼 가까운 바위로 향한다.
그리고 바위들을 옮겨 타며 물화살을 잘 넘긴 두 사람은 대미지를 받지 않고 강을 다 내려가 격류가 잔잔해지고 물화살도 멎은 곳까지 왔다.
“사리! 화살이 안 날아와!”

"후…… 겨우 느긋해지겠네. 물속엔 여전히 몬스터가 잔뜩 있는 것 같으니까, 방패에서 내릴 순 없지만."

"그런가, 그렇구나. 앗, 그림자가 보여!"

물속에는 빠르게 헤엄치는 물고기의 그림자가 보인다.

그 대부분이 몬스터임이 틀림없다.

메이플은 방패를 하류로 나아가게 하면서 계속 사리에게 말을 했다.

"무사히 빠져나와서 다행이야……. 평범하게 내려가는 게 더 편했을까."

"후훗, 시험해 보러 돌아갈래?"

"아니! 노! 노!"

메이플은 고개를 옆으로 도리도리 흔든다.

대미지를 받고 싶지 않은 메이플은 날카로운 것의 공격은 최대한 안 받도록 하고 있다.

노 대미지 공략을 노리고 있으니 더욱 그렇다.

"뭐, 보스가 쓸지도 모르고. 그때는 또 대처를 하자."

"보스……. 우우, 안 쓰면 좋겠는데."

"처음에 멀리서 보였던 바다가 가까워지지 않았어?"

"바다도 오랜만에 보는 거 같아! 최근에 나온 층에는 없었으니까."

"그렇지. 물속에 있을 것 같은 보스 대책이라도 생각하면서 갈까."

물속의 몬스터는 메이플에게 대미지를 주지 못하기 때문에, 집중은 하고 있지만 아무 일 없이 느긋하게 강을 내려간다.

그리고 도중에 강이 갈라지는 일도 없이 주위의 숲이 끝나고, 두 사람 앞에 새로운 풍경이 확 펼쳐졌다.

펼쳐진 것은 온통 바다. 빛을 받아 반짝반짝 빛나는 바다는 파도도 잔잔하고 평화로웠다.

"사리, 보스…… 있을 것 같아?"

"글쎄? 발판도 전혀 없고……. 으음, 여기서 싸우고 싶진 않은데……."

메이플도 그 말에 동의했다.

하지만 나쁜 일일수록 잘 일어나는 법이라, 두 사람이 바라보던 바다의 일부가 천천히 솟아오르더니 소리를 내며 터지고 보스 몬스터가 모습을 드러냈다.

그것은 5미터가 넘는 바다거북이었다.

"오~ 바다거북이다!"

"그렇다는 말은, 여기서 싸울 수밖에 없다는 뜻이네."

"시럽이랑 누가 더 클까……."

메이플은 전혀 이제부터 보스와 싸울 사람으로 안 보이게, 즐거운 일이 생기기 전처럼 좀이 쑤시는 모습으로 바다거북 쪽을 빤히 쳐다본다.

"……너무 애착은 갖지 마?"

"괘, 괜찮아!"

대화하는 사이에 바다거북 쪽이 움직임을 보였다.

바다거북은 일단 물속으로 잠수하는가 했더니, 하늘을 향해 물길을 만들어내면서 자유자재로 공중을 헤엄치기 시작했다.

뒤쪽에 하늘로 오르듯이 흐르는 물길을 만들면서 바다와 하늘을 왕래한다.

두 사람이 놀라서 굳어 있는 사이에 이 공간은 몇 개나 되는 물길이 달리는 신기한 곳이 되었다.

"굉장해! 굉장해―!"

"공격 안 하네……. 여기까지가 필드 사전 준비겠지. 예쁘다……."

"사리, 사리! 저 바다거북의 등에 올라가 보지 않을래?"

"엑…… 할 수 있을까? ……아니, 애초에 보스거든!"

"조금만! 시험해 보기만 할게! 분명히 재밌을 거야! 시럽에 타는 거랑은 또 다를 거야!"

메이플은 눈을 빛내며 사리에게 바짝 들이댄다.

사리는 바다거북 쪽을 흘끗 보고 좀 타 보고 싶다고 생각하고 말았다.

"조금만……이다?"

"오예! 그럼 【헌신의 자애】!"

메이플은 사리를 지킬 준비를 하고, 무언가 생각났는지 인벤토리에서 아이템을 꺼낸다.

"스노클?"
"물속에서 잠깐 숨을 쉴 수 있게 되는 멋진 물건이야! 에헤헤, 가지고 있는 걸 잊고 살았지만……."
"진짜 이것저것 많이 샀네. 그럼 등딱지에 고정하는 실은 나한테 맡겨!"
"고마워! 꼭 탈거야—!"
이렇게 해서 4층 보스전이 시작되었다.

"그런데, 어떻게 탈 거야? 엄청 날아다니고, 뭔가 물덩어리를 날리는데……."
전투가 시작되고 곧장 바다거북은 자신이 만들어낸 물길 사이를 누비며 날아다니기 시작했다.
바다거북의 거대한 몸 주위에는 파란 마법진이 빛나고 있고 거기서 커다란 물덩어리가 쏘아져 나와 방패를 타고 느릿느릿 이동하는 두 사람을 직격하고 있었다.
"대미지는 없지만……. 으음…… 일단 위에서 공격하자!"
메이플은 시럽을 불러내서 거대화시켜 띄우고, 방패를 조종해 시럽의 등딱지에 착지한다.
사리도 메이플에 이어 시럽에 옮겨 타더니 발판이 넓어져서 안정이 되었는지 기지개를 쭉 켠다.
"좋아! 준비 완료!"
"나도 언제든 좋아."

메이플은 시럽의 고도를 올려 바다거북이 날고 있는 부근, 하늘에 뻗은 물길이 사방에 깔린 장소까지 갔다.

"엄청나게 흐르네……."

"여기 헤엄칠 수 있지 않을까? 아니면 보통은 보스한테 안 닿을 텐데."

"흠흠, 그래서 이 주위를 날아다니는 건가?"

"그럴지도. 뭐, 지금은 등에 타기부터 하자! 다가왔을 때 거미줄을 붙일까?"

"응! 가능하면 딱 아래에 있을 때!"

두 사람은 한가롭게 대화하면서 바다거북이 가까이 오기를 기다린다. 공격이 계속되고 있어서 보통은 이런 짓을 하고 있을 겨를이 없지만, 관통 공격이 아닌 한 메이플에게는 아무것도 없는 거나 마찬가지다.

"좋아, 지금이야!"

사리는 하늘을 휘휘 헤엄치는 바다거북의 등딱지에 거미줄을 붙이고, 메이플을 끌어안고 그대로 등딱지에서 등딱지로 뛴다.

사리가 거미줄을 수축시키자 약간의 충격과 함께 두 사람은 바다거북의 등딱지에 착지할 수 있었다.

"성공!"

"대미지를 안 줬으니까 행동 패턴도 적고. 타기만 하는 거라면 간단하네."

사리는 자신과 메이플을 실로 등딱지에 이어붙이고, 메이플은 【헌신의 자애】의 범위에서 벗어나 버린 시럽을 반지로 되돌린다.
이걸로 원하는 만큼 보스의 등 위에서 하늘을 날아다닐 수 있게 되었다.
"시럽은 띄우고 있을 뿐이지 날 수 있는 건 아니니까…….
휙휙 날 수 있는 건 좋구나."
"보통은 하늘을 날려고 하지 않거든? 메이플은 이상한 방법으로 공중을 이동하지만."
"이 날개로도 날 수 있으면 좋을 텐데……."
메이플은 【헌신의 자애】의 이펙트로 등에 생긴 천사의 날개를 만지작거리면서 말한다.
"그리고…… 생각보다 쾌적하진 않네……."
"우우…… 빗속에 있는 느낌인걸."
두 사람에게는 여전히 커다란 물덩어리가 철썩철썩 떨어진다. 대미지는 없지만 쾌적하다고는 할 수 없는 상황이다.
메이플은 보스전 개시 전에 꺼낸 스노클을 쓰고 있지만 잠수를 하지는 않아서 아무런 의미도 없었다.
"음, 뭔가 있던가……. 앗! 이건 어때?"
인벤토리를 뒤지던 메이플은 파라솔과 비치 의자를 꺼낸다.
"이래저래 많이도 샀구나. 돈이 없다는 소리를 자주 하는 건 이것 때문인가……."

“위에 그냥 놓으면 날아가 버릴 테니까, 이것도 고정해 줄래?”

“응, 오케이.”

그리하여 두 사람은 보스의 등에 거점을 만들어 나간다.

큼지막한 파라솔이 물덩어리를 막아 줘서, 두 사람은 일단 물에서 벗어나는 데 성공했다.

두 사람은 의자에 앉아 멀리서 반짝이는 수평선을 구경한다.

“바다가 참 예뻐…….”

“노을은 안 지겠지만. 그것도 보고 싶은걸.”

“그거 좋은데! 또 다른 층에 있는 바다에 가 보자.”

두 사람은 강을 내려오느라 쌓인 피로를 씻어내듯 한동안 그러고 있었다. 하지만 평화로운 시간은 끝이라는 듯 머리 위의 파라솔이 소리를 내며 부서졌다.

계속해서 공격을 받고 있는 셈이어서, 메이플은 버틸 수 있어도 아이템은 그렇지 않았다.

“메이플, 뭔가 이상해! 바다로 내려가고 있어!”

“엑!? 아, 아직 아무것도 안 했는데!”

바다거북은 그대로 고도를 내려 바다로 잠수한다. 사리는 몰라도 메이플은 아이템을 사용해도 그리 오래 버틸 수 없다.

사리가 등에서 벗어나 부상할까 생각했을 때, 보스 쪽에서 먼저 수면으로 올라간다.

그리고 두 사람이 호흡을 걱정하기도 전에 바다거북은 물길이 뻗어 있는 곳의 한복판에 떠올랐다.

"후읍…… 뭐, 뭐였어?"

"하늘에서 일정 시간이 지나면 내려온다……거나?"

두 사람이 그러고 있는 사이에 보스를 중심으로 큰 파도가 일어나고, 물길에서는 중력을 무시하고 떠내려 보낼 것처럼 물살이 다가온다.

거미줄로 몸을 고정하고 있기 때문에 떠내려가지는 않지만 편하지는 않다.

"등에서 편안히 있지 말라는 뜻일까……."

"우우우…… 그럼 기왕이니까 마지막으로……."

메이플은 그렇게 말하고 이번에는 인벤토리에서 한 번도 쓴 적이 없는 서핑보드를 꺼냈다.

"엑, 쓸 수 있어?"

"모처럼 큰 파도를 만들어 줬는걸!"

메이플은 고맙다고 말하면서 등딱지를 쓰다듬는다.

"구명줄은 연결해 놓을게."

거미줄의 길이가 일정하기 때문에 사리가 【헌신의 자애】의 범위에서 벗어날 일도 없다.

"고마워!"

"아, 메이플. 다음은 제대로 보스전 할 거거든? 너무 신나게 놀지 마!"

"괘, 괜찮아!"

"그럼 오케이. 난 잠깐 쉬고 있을게."

사리는 등딱지 위에 누워서 등딱지를 쓱쓱 쓰다듬는다.

"차가워서 기분 좋다……."

그러는 사이, 파도 소리에 섞여 메이플이 바다에 빠지는 소리가 들려왔다.

그로부터 잠깐 시간이 지나자, 보스의 행동 패턴이 다시 변화해 하늘을 날아다니기 시작했다.

하지만 그것은 시간이 경과했기 때문이 아니라 HP가 줄어들었기 때문이었다. 마침내 두 사람이 보스와의 전투를 개시한 것이다.

"오, 머리는 등딱지보다 대미지가 나오네."

"【흘러나오는 혼돈】……."

사리가 단검으로 퍽퍽 공격하는 가운데, 메이플은 드러누운 상태로 등딱지에 거미줄로 딱 달라붙어 피곤한 기색으로 공격한다.

사리 뒤에서는 끊임없이 총격 소리와 약점인 팔다리에 독을 쏘는 소리가 들려오고 있었다.

"어휴, 너무 놀지 말라고 했잖아."

"우…… 미안. 무, 무심코 그만."

메이플은 놀고 떠들며 더할 나위 없을 만큼 몸을 움직이면서 즐긴 바람에 사리가 끌어올릴 무렵에는 녹초가 되어 있었다.

만족스러운 얼굴로 끌려 올라온 메이플은 그때야 겨우 보스전을 떠올린 것이다.

"기운이 날 때까지 안 기다릴 거거든—?"

"응, 하지만 이러고 있으면 시원해서 피로가 사라져……."

"……보스전 같지가 않네."

"에헤헤, 등딱지 위는 잘 아니까!"

"뭐, 지금은 관통 공격도 없고, 발판이랑 질식만 주의하면 어떻게 될 것 같네."

"【히드라】!"

메이플이 강력한 공격을 가할 때마다 HP가 확 깎이고 붉은 대미지 이펙트가 터진다.

등에서 물로 떠내려 보내는 보스의 공격은 사리의 거미줄에 막히고, 메이플이 버티고 앉아 있는 한 다른 공격은 무의미했다.

"아, 메이플. 바다가 거칠어졌어."

"진짜네! 등에 안 타고 있었으면 힘들었겠다!"

두 사람은 눈 아래에 펼쳐지는 광경을 가끔씩 확인하면서, 물덩어리를 맞아도 나 몰라라 하며 공격을 계속한다.

"사리, 이번에는 보스가 빔을 쏴!"

"시럽도 쏘니까, 이 게임의 거북이는 표준 사양 아닐까?"

"역시 빔은 있어야지……. 응? 아, 사리! 총이 안 통하게 돼 버렸어!"

두 사람은 순조롭게 체력을 깎고 있었지만, 바다거북의 등딱지와 가죽이 딱딱해져서 공격이 통하지 않게 되었다.

또 무언가가 변화했겠지 싶어서 두 사람은 공격이 통할 만한 장소를 찾는다.

"바다는 이제 엄청 거칠어졌네……. 보트였으면 가라앉았을 것 같아."

"와아……. 아, 저기서 싸우는 건 무리니까 달라붙은 게 정답이었네."

바다 쪽에서 물이 창처럼 뻗어 나와 수면에 있는 물체를 꿰뚫으려 하는 것이 보인다.

"원래 바다 위에서 공략하는 거겠지만…… 얍!"

"왜 그래, 사리?"

"위가 안 되면, 아래겠지!"

사리는 날아오는 물덩어리의 간격을 보고 메이플에게 연결한 실을 떼고 함께 뛰어내려, 이번에는 능숙하게 그대로 배 쪽에 달라붙었다.

"얍, 고정 완료!"

"오, 빨판상어? 같아."

"응, 그러네."

예상대로 딱딱해지지 않은 복부에 달라붙은 두 사람은 공격을 가하면서 거친 바다와 하늘을 보며 바다거북과 함께 날아다닌다.

"시럽도 배 쪽에서 보는 풍경은 본 적이 없었네……."

"바다가 예쁠 때 이쪽으로 옮겼으면 좋았을지도 모르겠네."

메이플의 총격 소리가 울리는 가운데, 바다거북은 주위에 물기둥을 만들면서 하늘 높이 올라간다.

두 사람이 공격을 멈추지 않고 달라붙은 채 고도가 올라가 눈 아래 펼쳐진 바다를 멀리까지 내다볼 수 있게 되었을 때.

두 사람 바로 아래에서 바다는 온화하고 아름다운 파란색으로 돌아가 있었다.

"와앗! 저기 봐, 사리! 바다가 원래대로 돌아갔……어?"

그와 동시에. 퍼엉 소리를 내고 바다거북이 빛으로 변해 사라졌다.

그것은 즉 두 사람을 잡아 주던 것이 사라진다는 뜻이었다.

"사리, 붙잡아!"

"응, 부탁해!"

한순간의 부유감 뒤, 두 사람은 바다를 향해 곤두박질쳤다.

메이플은 사리를 끌어안아 【헌신의 자애】의 범위에서 벗어나지 않도록 하고, 그대로 평소 시럽에게서 뛰어내릴 때처럼 자세를 갖추고 물에 떨어졌다.

커다란 물보라가 가라앉았을 무렵, 두 사람은 수면 가까이 띄운 방패에 매달린 채 파도에 흔들리고 있었다.

"후우…… 끝났어?"

"그런 것 같아. 나랑 상성이 좋아서 쉽게 했네. 다음 장소로 가는 입구도 나왔고, 이번에는 스킬도 아직 남아있으니까 팍팍 가자."
"휴식은……."
"실컷 했잖아?"
"에헤헤, 응! 했어!"
보스전의 팽팽한 긴장감이 없었던 점, 게다가 전투를 편하게 이길 수 있었다는 점도 있어서 몸도 마음도 재충전할 수 있었다.
"그럼, 5층으로! 자, 어떤 곳일까."
"기대되네—!"
두 사람은 그대로 새로 나타난 섬으로 가서 거기 그려진 마법진 위에 오른다.
잠시 후 시야가 빛으로 감싸이고, 두 사람의 눈앞에 5층의 풍경이 펼쳐진다.

두 사람이 전이한 장소는 어슴푸레한 어둠 속, 희미하게 파르스름한 빛을 발하는 낡은 묘비가 몇 개나 늘어선 휑뎅그렁한 황무지였다.
"메, 메이플…… 휴, 휴식할래?"
"……응, 그러자."
아까의 기세는 어디로 갔는지, 불안하게 주위를 둘러보는 사리를 보고 메이플은 일단 탑을 떠나기로 했다.

4장 방어 특화와 탑 5층.

두 사람은 날을 다시 잡아 다시 5층으로 왔다.

다른 날에 공략하게 된 데는 휴식이 아니라 다른 이유가 있었다.

호러가 질색인 사리가 제대로 걷지도 못하는 상태로 탑을 공략하려면 커버력이 높은 【포학】을 사용할 수 있게 되어야 했던 것이다.

5층에서는 아직 무슨 일이 일어날지 모르기 때문에 안전이 확보된 4층의 작은 섬에서 준비를 마치고 나서 두 사람은 5층으로 전이했다.

왠지 모르게 무거운 공기에, 멀리 떠 있는 파란 도깨비불. 메이플은 6층 필드와 똑같이 땅이나 공중에서 유령이나 해골이 나올 것 같다고 느꼈다.

"좋아! 단숨에 달려서 빠져나가자!"

"순식간에 해 줘……."

괴물 모습이 되어 천사의 날개를 펼친 메이플의 등에는 커다란 나무상자가 밧줄로 감겨 매달려 있었다. 나무상자 속에 있는 것은 아무것도 보고 싶지 않다며 웅크린 사리다.

메이플이 공략하기 위해 한 발짝 내디뎠을 때 창백한 빛을 발하는 묘비에서 창백하고 투명한 고스트가 나타났다.

"왓, 바로 나왔어!"

"마, 말 안 해도 돼!"

메이플은 고스트를 뿌리치려고 듯 가속해서 황무지를 달려간다.

그 발을 멈추려는 듯이 땅에서 썩은 팔이나 뼈로 된 팔이 뻗어 나왔지만 메이플은 차 부수면서 달려간다.

"어차차, 유령도 늘어났으니까…… 타 버려라!"

메이플은 불을 토해 대미지를 주려고 했지만, 고스트는 쓰러지지 않고 오히려 반격해 온다.

허를 찔린 메이플은 고스트가 퍼뜨린 검은 안개 비슷한 것을 제대로 맞고 말았다.

"대미지는…… 없음! 그럼 바이바이!"

메이플은 위협이 되지 않는다면 상관없다며 무시하고 달려간다.

그러나 어쩐지 힘이 들어가지 않아 거리가 슬금슬금 좁혀진다.

"……? 앗! 스테이터스가!"

평소라면 애초부터 0이라서 【STR】과 【AGI】가 감소는 신경 쓸 필요가 없지만, 【포학】 발동 중에는 효과적이다. 【포학】

발동 시에는 메이플의 【STR】과 【AGI】가 0이 아니니까.
【VIT】는 애초에 어마어마한 수치이기 때문에 다소 내려가도 무의미하지만, 메이플은 점점 고스트를 뿌리치지 못하게 되었다.
그런 와중에 고스트 한 마리가 나무상자를 슥 통과했다.
"히익! 싫어…… 왜!"
"미안! 금방 떨어질게!"
메이플은 유령의 공격을 받으면서도 불을 뿜어내고 달리기 시작했다.
스테이터스는 내려갔지만 메이플에게는 여전히 대미지가 없다.
그러나 그냥 아이템인 밧줄은 달랐다.
"앗……."
메이플의 등이 가벼워지고 쿠당탕 소리를 내며 나무상자가 굴러간다.
"잠깐, 기다…… 우와앗!?"
사리가 들어 있는 나무상자를 주우려 했을 때 땅에서 튀어나온 손이 메이플을 꽉 붙잡는다. 메이플은 뿌리치려 했지만 【STR】이 완전히 내려가서 뿌리칠 수가 없었다.
"우웃…… 떼어낼 수가 없어……!"
그리고 몇 개나 되는 손이 메이플을 땅속으로 끌고 들어간다. 지하는 공동(空洞)으로 되어 있어서 메이플은 그리로 떨어졌다.

이렇게 해서 필드에 나무상자만이 남겨졌다.
“메, 메이플……? 저기……?”
불안해진 사리가 정적을 견디지 못하고 옆으로 넘어진 나무상자의 뚜껑을 조금 열자, 새카만 눈구멍과 눈이 마주쳤다.
“흐아윽!?”
사리가 몸을 흠칫 떨고는 뚜껑을 밀어젖히고 밖으로 굴러 나온다.
사리가 볼 수밖에 없게 된 풍경은 지면에서 난 무수한 손과 몰려드는 유령들이었다.
“으윽…… 왜, 어째서!”
사리는 울상을 하고 달려간다. 단지 이곳에 있고 싶지 않다는 이유만으로.
“6층에서 도망쳐서 여기 온 건데! 어째서!”
사리는 스킬을 쓰는 것도 잊어버리고 그저 달려간다. 몬스터를 뿌리치고 목표는 단 하나, 로그아웃이다. 몬스터에게 인식되지 않으면 로그아웃할 수 있다.
“로그아웃! 로그아우웃!”
평소보다 더 필사적으로 질주하며, 메이플도 잊어버린 듯이 사리는 황야를 달려갔다.
사리와 헤어진 메이플은 로그아웃한 걸 깨닫고, 【포학】을 해제하지 않은 채로 파란 패널을 불러내 탑에서 나가기를 선택하고 일단 탑에서 나가 사리를 기다렸다.

그리고 잠시 후에 사리가 겸연쩍은 얼굴로 돌아왔다.

"다음엔 절대로 안 떨어지게 하고 가자."

"응……."

두 사람이 5층에서 제자리걸음을 하고 있을 무렵, 나머지 【단풍나무】 멤버들도 5층을 공략하고 있었다. 메이플과 사리와 똑같이 최고 난이도를 공략하고 있었는데 마이와 유이의 높은 공격력이 강력한 무기가 되었다.

기본적으로 4층까지는 모두가 마이와 유이를 지키고, 움직임을 멈춘 타이밍에 버프를 잔뜩 건 둘을 풀어놓는 전법으로 쭉쭉 진행해 왔다.

그러나 5층에서는 마이와 유이도 해치울 수 없는 몬스터가 나온다.

"나왔다! 속성 공격으로 공격한다! 카스미, 카나데!"

재빠른 움직임으로 덮쳐드는 반투명 고스트는 일반 공격을 무효화한다.

마이와 유이는 아직 전투에 익숙하지 않고, 애초에 맞히기

조차 어렵기 때문에 교대로 공격 역할을 맡으며 헤쳐 나가고 있었다.

"그래, 맡겨 다오! 【무사의 팔】!"

카스미가 4층에서 손에 넣은 요도의 스킬을 발동하자 카스미의 양옆에 커다란 칼을 들고 갑옷을 두른 팔이 나타난다.

특히 오른쪽의 보랏빛 불꽃을 휘감은 팔은 카스미의 칼과 연계하여 움직이면서 불 속성 대미지를 가한다.

모든 스테이터스를 일시적으로 20퍼센트 감소시키지만 그래도 충분한 성능을 가지고 있어서 카스미는 잇달아 유령을 베어버린다.

"좋은데, 그거. 나는 마법으로 적당히……."

그렇게 말하고 카나데는 더 멀리 떨어진 몬스터 격파를 맡는다.

두 사람이 속성이 붙은 공격을 계속하는 가운데, 크롬은 몸을 던져 마이와 유이를 지킨다.

메이플과는 다르게 크롬은 대미지를 받지만, 둘에게는 대미지가 들어가게 하지 않는다.

"회복력이라면 안 지거든!"

이즈가 아이템으로 회복도 시키고 있어서 크롬의 HP는 줄어들었다가 완전회복하기를 되풀이하고 있었다.

"음, 곧 오겠군. 카스미! 땅에서 온다!"

"그래, 알고 있다. 문제없다."

메이플을 질질 끌고 갔던 것처럼 유령이 일행을 붙잡으려 하지만 일행은 구속당하지 않도록 제대로 대처한다.
크롬과 카스미는 지면에서 나타나는 손을 떼어낼 수 있을 만큼 【STR】이 있고, 이즈와 카나데는 잘 피하고 있다. 마이와 유이에게 구속 따위는 없는 거나 마찬가지다.
피하기는 쉬웠다.
"지하 루트는 성가시니까. 나도 지상이 더 싸우기 편하고…… 잘 피하면서 가자."
"네! 저기…… 도중에 맞닥뜨리는 전투는 부탁드릴게요."
"보스는 통상 공격이 통하는 모양이니까. 두 사람은 그때를 대비해 줘."
"보스는 맡겨 주세요!"
"응, 든든하네. 자리를 잘 정리할 수 있는 마법도 준비해 놓을까."
마이와 유이는 대형망치를 꽉 고쳐 쥐고, 카나데는 저장해 놓은 마도서를 되새겨 본다.
그 후로도 몇 번인가 지하로 끌고 가려고 하는 몬스터들을 해치우고 일행은 순조롭게 걸음을 옮긴다.
"메이플과 사리는 어쩌고 있을까."
"5층은 상성이 안 좋을 것 같네."
"사리가 하기 나름 아닐까? 잘하고 있으면 좋겠는데……."
사리가 6층에서 보였던 모습을 떠올리면서 그런 이야기를

하고 있을 때 주위의 양상이 바뀌기 시작했다.
"응? 다들 조심해라. 안개가 짙어졌다. 다음 구역이다."
카스미 말대로 주위에 새하얀 안개가 자욱하게 깔리기 시작하더니, 금세 몇 미터 앞도 알 수 없는 상태가 되었다.
"체험해 보니 생각했던 것보다 더 안 보이는군, 이거……."
"조심하면서 이동하는 것이 좋겠지. 이 구역의 정보는 아직 적었다."
카스미를 선두로 하고 카나데, 이즈, 크롬에 마이와 유이가 뒤를 따라 고요해진 안개 속을 나아간다.
"이토록 조용하니 좀 꺼림칙하네, 크롬…… 크롬?"
대답이 없는 것을 이상하게 여겨 이즈가 문득 뒤돌아보자, 걷고 있어야 할 세 사람이 없었다.
"카나데! 카스미! ……어?"
시선을 돌려 앞을 보자 두 사람의 모습도 없었다.
"역시…… 아직 트랩이 있었구나."
흩어진 건 어쩔 수 없다며 맵을 열지만, 본래 표시되어야 할 파티 멤버 마크가 없어서 다른 다섯 명의 위치를 알 수 없다.
이즈는 우선 메시지를 보내 전원이 어떤 상황인지 파악했다.
그리고 현재 상태를 공유한 결과, 누군가가 당할 때까지 탐색을 하자는 방침으로 정해졌다.
"그래도 나도 전투는 되도록 피하고 싶네……."
공격도 가능하지만, 최신 이벤트의 중간쯤 오면 작은 해머

가지고는 어떻게 할 수 없는 적이 많다.

그러나 그런 이즈를 그냥 보낼 생각은 없는지, 근처 지면에서 대량의 좀비가 우글우글 나타났다.

"이 양은……. 으으…… 소재를 쓴 만큼 돌려받진 못할 것 같네."

이즈는 각오하고【마법공방】을 전개해 폭탄 양산 체제에 들어간다.

"효과 증강 결정이랑…… 화염방사기 같은 건 어떨까!"

소지금을 소재로 변환할 수 있고 어디서나 자유롭게 생산할 수 있는 이즈의 공격 아이템이 떨어지는 일은 거의 없다.

"기껏 모은 소재가……. 아아, 돈도 사라져 가……."

불꽃과 폭풍이 짙은 안개를 비추는 가운데, 이즈는 눈빛을 흐리며 폭탄을 던졌다.

◆□◆□◆□◆□◆

이즈가 혼자가 된 것과 마찬가지로 마이와 유이는 안개 속에서 단둘이 남고 말았다.

"어, 어떡하지 언니! 크롬 씨가 어딘가로 사라져 버렸어!"

아주 조금 앞에 있던 크롬은 짙은 안개에 휩싸여 순식간에 사라져 버렸다. 두 사람이 허겁지겁 쫓아가 보지만 앞에는 안개가 펼쳐질 뿐이다.

"일단…… 어떻게든 살아남자. 금방 다시 합류할 수 있을 거야."

두 사람이 불안해하고 있을 때 이즈에게서 메시지가 왔다.

"이즈 씨한테서 메시지……. 으음…… 유이! 경계하고 있어."

"응, 맡겨!"

마이는 이즈와 빠르게 메시지를 주고받으면서 정보를 공유한다.

"유이, 으음…… 카나데 씨랑 카스미 씨는 같이 있고, 크롬 씨랑 이즈 씨는 혼자인가 봐. 무슨 트랩 때문일지도 모른대."

"우리는 어떡하면 돼?"

"누군가가 당할 때까지는 진행해 보기로 했대. 그러니까 우리도 출구? ……아무튼 사람들을 찾자."

지켜주던 크롬이 없어진 지금 자기 몸은 알아서 지킬 수밖에 없다.

두 사람은 이즈에게 받은 일정 시간 무기에 화염 속성을 부여하는 아이템을 사용하고, 거기에 도핑 시드로 【STR】을 끌어올려 일격으로 몬스터를 해치울 준비를 한다.

그리고 등을 맞대고 딱 달라붙어서 대형망치 두 자루를 겨누었다.

"뒤는 맡길게, 언니!"

"응…… 힘낼게."

두 사람은 불꽃을 두른 대형망치 두 자루를 언제든지 내리칠 수 있도록 들고 좁은 보폭으로 걸으면서 안개 속을 나아간다.

"유이, 발밑을 조심해."

"응. 알지만, 갑자기 튀어나오면 어쩔 수가 없어."

두 사람이 살아남으려면 선수를 빼앗겨서는 안 되는 것이다. 공격이 한 번만 빗나가도 단숨에 형세가 나빠지고 만다.

"으음…… 아! 언니, 좋은 생각이 떠올랐어!"

"……뭐, 뭔데?"

마이는 유이의 자신감 있는 표정을 보고, 동생의 기발한 제안에 약간 불안을 느끼면서 이야기를 들었다.

그 무렵, 불안해하는 두 사람에 비해 카나데와 카스미는 여유를 가지고 몬스터를 쓸면서 나아가고 있었다.

"이만큼 숫자로 밀고 들어오면 왼팔도 활약할 수 있군!"

카스미가 칼을 휘두르는 데 맞춰 갑옷을 두른 팔이 거대한 칼을 휘두른다.

속성이 없는 왼팔도 보통 몬스터는 쉽게 베어 쓰러뜨릴 수 있다.

"방어는 맡겨 줘. 카스미라면 공격도 충분할 테니까."

카나데는 몬스터의 우선순위를 정해 가까이 오는 것부터 정확하게 발을 묶으면서 카스미의 회복과 방어를 맡는다.

원래 5층에서 딜러를 담당한 두 사람이다. 다소 몬스터에게 둘러싸였다 해도 큰 문제가 아니다.

카나데의 대처 능력은 【단풍나무】에서도 제일이고, 카스미는 안정감이 있어서 단기결전은 물론 장기전도 가능한 딜러이다.

숫자로 공격하는 좀비나 유령을 상대로는 유린할 수 있을 만한 힘을 가지고 있다.

“늘어나면 광범위 마법을 부탁한다.”

“오케이. 후후. 음, 뭘 할까…….”

카나데는 두둥실 떠 있는 책장에 꽂혀 있는 책을 보면서 웃음을 지었다.

“내가 휘말리지 않을 걸로 부탁하마.”

“물론! 그런 건 안 써.”

카나데는 책장 한 모퉁이에 꽂혀 있는 칠흑으로 장정된 책을 흘끗 보면서 대답했다.

“그럼 좋다. 어디로 가면 좋을지도 잘 모르겠지만, 우선 새로 뭔가 메시지가 올 때까지는 탐색하도록 하자.”

“그러자. 다들 무사하면 좋겠는데.”

“이 상황이라면 크롬은 혼자서 힘들겠군……. 죽지는 않겠지만…….”

카스미는 그렇게 말하면서도 잇달아 언데드 몬스터를 베어

나갔다.

◆□◆□◆□◆□◆

카스미의 예상대로 크롬은 좀비를 상대로 고전하고 있었다.

"아아, 귀찮군! 계속해서 튀어나오네!"

공격을 방패로 받아내고 도끼로 한 마리 한 마리 베고 갈 수밖에 없는 크롬은 금세 둘러싸였다가 어떻게든 탈출하기를 되풀이하고 있었다.

"그렇게 빠르지 않은 게 다행인가……."

하지만 고전하고 있다 해도 크롬은 죽음과 동떨어진 위치에 있었다. 【생명포식(라이프 이터)】과 【흡혼(소울 드레인)】, 【배틀 힐링】의 효과로 줄어든 HP가 쭉쭉 회복된다.

"회복은 따라잡는군. 그럼 어떡할까."

깎여도 깎여도 슬금슬금 회복해 태세를 바로잡고 한 마리씩 수를 줄이며 나아간다.

그 모습은 언데드 몬스터보다 훨씬 언데드 같았다.

"빨리 합류하고 싶군……. 걔네들도 걱정돼."

떨어져 버린 마이와 유이를 걱정하면서 접근하는 몬스터의 머리를 베어낸다.

그에 맞춰 줄어든 HP가 다시 상한치까지 회복된다.

대미지 무효에 부활까지 가지고 있는 크롬을 잡몹은 좀처럼 해치울 수 없다.

"……나도 꽤 잘하잖아?"

크롬은 이러니저러니 해도 싸울 수 있다는 것을 재확인하고, 역시 메이플의 전투는 방패 유저답지 않다고 새삼 생각했다.

이렇게 해서 네 그룹 전부 각자의 강점을 이용해 몬스터 무리를 헤쳐 나갔다.

◆□◆□◆□◆□◆

네 그룹으로 나뉘어 각각 짙은 안개 속을 나아간다.

그리고 가장 먼저 안개를 빠져나간 것은 카스미와 카나데였다.

"겨우 빠져나왔나."

"결국 마법은 안 쓰고 끝났네."

카나데는 혼자서 척척 몬스터를 해치우는 카스미의 회복과 지원만 해도 충분했던 것이다.

광범위 공격을 할 필요도 없이 몬스터가 쓰러져 갔다.

"공격 능력은 상당히 강화되었으니까. 스테이터스 감소는 성가시다만…… 추가 공격도 확보할 수 있으니 전법에도 넣을 수 있을 것 같군."

【단풍나무】에서 가장 중요한 것은 공격 능력 상승이다.

플레이어도 몬스터도 메이플의 철벽 방어를 정면 돌파하고 길드 멤버 중 누군가를 쓰러뜨린 적이 없으니 당연했다.

"안 그래도, 방금 전투를 보면 괜찮을 것 같더라……. 그런데 어떡할까? 아직 아무도 당하지 않은 것 같네."

"기다려 볼까. 모두 이곳으로 나올지도 모른다."

"그러네. 음…… 몬스터도 안 나오고."

두 사람이 잠시 동안 기다리자 커다란 폭발음이 들려오기 시작했다.

그리고 안개 속에서 폭탄을 옆구리에 끼고 HP 회복 포션을 마시면서 굴러나온 이즈가 숨을 헐떡였다.

"하악…… 하악…… 빠져나온 것 같네."

"무사한 것 같네. 굉장해!"

"소재도 돈도 몽땅 사라져 버렸어…… 아아, 새 아이템 제작이 멀어져 가잖아……."

이즈는 땅에 털썩 주저앉은 채 뒤쪽에 펼쳐진 짙은 안개 구역을 원망스러운 듯이 노려본다.

공방을 전개해서 만든 폭탄 등 공격 아이템을 흩뿌리면서 달리고, 부족한 소재는 골드와 맞바꿔서 아이템의 물량 공세로 몬스터 무리를 말 그대로 날려버리고 온 것이다.

"뭐, 무사하니 됐다. 소재는 나도 찾아오도록 하마. 이즈의 아이템에는 신세를 지고 있으니."

"그렇게 해 주면 기쁘겠어……."

"응? 카스미. 또 누가 온 것 같아."

카나데는 바람을 가르는 커다란 소리를 듣고 안개 너머를 주시한다.

그러자 붉은 덩어리 네 개가 짙은 안개를 찢으며 튀어나왔다.

"마이, 유이!"

"앗, 해냈다! 빠져나왔어, 언니! 왓!"

"잠깐 유이, 와앗!"

등을 맞대 상태로 두 팔을 쭉 뻗어 빙글빙글 회전하면서 튀어나온 마이와 유이가, 세 사람을 보고 넘어져 땅에 얼굴을 부딪친다.

두 사람은 다가오는 몬스터가 알아서 죽도록, 화염 속성을 부여한 대형망치를 계속 돌리면서 마치 태풍처럼 지나온 것이었다.

반응을 못해서 순식간에 공격할 수 없다면 계속 즉사급 일격을 휘둘러서 해결한다는, 힘으로 밀어붙이는 기술이다.

"괜찮아? 둘 다."

"우우, 눈이 핑핑 돌아요……."

"이즈 씨…… 저도 좀, 무리한 것, 같아요."

그러나 마이와 유이가 만들어낸 죽음의 폭풍을 향해 다가온 몬스터는 한 마리도 남김없이 날려가 마지막까지 두 사람에게 당도하는 일은 없었다.

“남은 건 크롬인가. 뭐 크롬은 괜찮겠지.”
“그러게. 끈질긴 건 정평이 나 있는걸.”

마이와 유이가 겨우 회복되었을 무렵. 다섯 명보다 상당히 늦게 크롬이 짙은 안개를 빠져나왔다.
“하아…… 내가 마지막인가.”
“거봐, 역시 쌩쌩하잖아.”
“훌륭할 정도로 체력이 꽉 차 있군.”
“응, 뭐…… 계속 에워싸였지만 어떻게 잘 처리했어. 빠져나올 수 없어서 잡았더니 레벨도 올라갔더군.”
애초에 【단풍나무】 멤버들은 1대 다수의 상황을 너무 어렵지 않게 헤쳐 나온다고 크롬이 말한다.
본래 전투 지향이 아닌 이즈마저도 돌파한 걸 보면 섬멸 능력은 크롬 말대로라 할 수 있었다.
제4회 이벤트에서 대규모 길드와 당연한 듯이 싸웠던 일로도 알 수 있으리라.
“크롬도 다른 방향으로 충분히 이상하다고 생각한다.”
“응, 에워싸이고 나면 보통 돌파 못 하니까.”
파티를 갈라놓는 트랩도 큰 장해가 될 수 없었던 모양이라, 무사히 합류한 여섯 명은 그대로 공략을 계속하기로 했다.
“더 가면 즉사 마법을 쓰는 몬스터가 나오니까 이걸 가지고 있어.”

이즈는 그렇게 말하고 빨간 보석이 박힌 반지를 전원에게 하나씩 건넨다.

"「대역의 반지」야. 즉사 효과를 세 번 대신 받아 줘."

"……이런 아이템이 있었어?"

크롬이 본 적 없는 아이템에 고개를 갸우뚱한다.

"아까 그 좀비들이 떨어뜨린 소재로 만든 새 장비야. 후훗, 소재는 폭탄의 요금 삼아 받아왔지."

【마법공방】과 【새로운 경지】로 보통은 만들 수 없는 아이템을 어디서든 만들 수 있는 이즈는 도중에 손에 들어온 소재로 성능이 좋은 장비나 아이템을 마련할 수 있는 것이다.

"이게 있으면 상당히 편해지겠군."

"그러네. 내성 부여 마도서도 온존할 수 있어."

"이제 출발하자. 흩어지는 건 어떻게 되겠지만 발밑에서 함정으로 공격받으면 완벽하게 지킬 수 없으니까. 조심해서 가자."

아직 정보가 없는 트랩의 존재를 경계하면서, 지난번과 같이 카스미와 카나데가 앞에 나서서 몬스터 대처를 맡는다.

마이와 유이는 이즈와 함께 크롬 뒤에 있는 상태다.

"카스미, 또 움직임이 좋아졌는데. 보아하니 안개 속에서 꽤 많이 벴군."

크롬은 자신이 있는 데까지 몬스터가 오지 않아서 마이와 유이를 단단히 지키며 카스미의 움직임을 쳐다보기만 했다.

"이제 곧 보스전이야. 준비는 괜찮아?"

“괜찮아요! 아, 그리고, 이즈 씨가 주신 화염 속성 부여 아이템이 도움이 됐어요!”

“튀어나왔을 때 봤어. 그 공격 방법은…… 조금 놀랐어.”

대형망치를 잡고 두 팔을 쭉 뻗은 상태로 회전하면서 이동하는 것을 보고도 ‘조금’ 이라고 말하는 점에서, 이즈가 이런 일에 익숙하다는 것을 알 수 있다.

그리고 이런 이야기를 하는 동안에도 5층 공략은 진행되어 간다.

결국 도중에 나오는 몬스터로는 메이플과 사리가 없어도 【단풍나무】 멤버들에게 큰 부담을 줄 수 없었다.

그 후로도 멤버 여섯 명은 공략을 계속해 너무도 쉽게 보스 영역 바로 앞에 당도했다.

“이 근처에는 몬스터가 안 나오는 것 같아.”

“그럼 준비하자. 나와 카스미는 일단 경계하면서 기다릴까.”

“그래, 그게 좋겠지.”

크롬과 카스미가 경계하고 뒤편에서 카나데와 이즈가 마이와 유이에게 잇달아 버프를 건다.

“이거랑 이거, 그리고 이것도 마셔.”

“꿀꺽…… 꿀꺽…….”

“푸하…… 좋았어!”

여러 알약과 포션을 마시고 카나데에게도 버프를 받는 것은 이미 보스전을 앞두고 늘 있는 일이다.

준비가 끝난 두 사람의 몸에서 여러 색깔의 오라가 솟아오르고 있다.

""언제든지 갈 수 있어요!""

"좋아, 그럼 가자. 선두는 내가 갈게."

두 사람이 번쩍번쩍 빛나는 대형망치 두 개를 들어 올린 것을 신호로, 일행은 보스 영역에 돌입했다.

그곳은 아까 빠져나온 구역과 똑같이 짙은 안개에 감싸인 황무지였다. 이렇다 할 차폐물도 없어서 보스와 정면에서 싸우게 된다.

일행을 감지하고 안개 너머에서 보스인 머리 없는 기사가 천천히 나타난다.

목 부분에서는 파란 불꽃이 피솟고, 몸에는 낡은 갑옷을 장비하고 커다란 검을 손에 든 채 좀비 말에 걸터앉아 있다.

말은 한 번 힘차게 울더니 여섯 명을 향해 달려왔다.

"간다, 언니!"

"응……!"

"틈은 만들어 줄게! 으랴앗!"

크롬이 방패로 보스의 검을 가드해 튕겨내고 틈을 만든다.

그리고 다가오는 보스에게, 그 목에서 치솟는 불꽃에도 지지 않을 만큼 환하게 빛나는 대형망치 네 개가 가차 없이 내리쳐졌다.

""【더블 스트라이크】!""

갑옷을 치는 굉음이 울려 퍼지고 HP 게이지가 무시무시한 기세로 감소한다. 보스는 검을 한 번 더 쳐들었지만 크롬이 제대로 튕겨낸다.

"여기서 신작 아이템을……!"

이즈는 확 튀어나오더니 말 근처 땅에 아이템을 설치했다. 그것이 잠깐 뒤에 소리를 내며 터지고 지면에 번개가 튀었다.

단 몇 초 동안 보스의 움직임을 멈추는 이 아이템이 【단풍나무】에는 터무니없는 효과를 만들어낸다.

"유이! 한 번 더!"

"응!"

크롬이 제때 막지 못했을 때 수습하는 역할을 맡은 카스미가 할 일도 없이, 보스는 두 사람에게 만신창이가 될 때까지 두들겨 맞고 폭발했다.

"후…… 메이플하고는 또 다른 의미로 다른 게임 같군."

딱히 아무 할 일이 없었던 카스미가 활약할 수 있었다며 기뻐하는 두 사람을 보고 그렇게 말한다.

"그 마음 알아."

그렇게 생각하는 것은 적의 공격을 두 번 막고 끝난 크롬도 마찬가지였다.

"뭐, 탱커는 단단히 지켜야 하니까. 여유롭게 이겼다면 우리도 잘 일한 거겠지."

1대 다수여도 죽지 않는 크롬과 카스미는 도중에 활약하는 일이 많다. 반대로 마이와 유이는 보스전 특화인 것이다.

"줄어든 아이템을 다시 만들 테니까 잠깐 기다려."

이즈는 공방을 전개해 귀중한 버프 아이템과 MP 포션, 폭탄 등을 다시 만든다.

골드로 아이템을 생산할 수 있는 데다 어디서든 공방을 전개할 수 있기 때문에 아이템 부족으로 돌아가는 일도 거의 없다.

전투 전, 전투 중, 전투 후. 어느 면을 보아도 다른 길드에서는 찾을 수 없는 특징이 있었다.

그리하여 다음 층 보스를 유린하고자 【단풍나무】의 여섯 명은 계속 진군한다.

"메이플도 순조롭게 진행하고 있다면 좋겠다만."

"잘하고 있겠지. 애초에 메이플이 완전히 발목을 잡힐 상대랑은 나도 싸우기 싫어."

"그러게……."

길드원 여섯 명이 5층 보스를 깨끗이 해치우고 잠시 지났을 무렵, 메이플은 마찬가지로 보스와 싸우고 있었다.

【포학】을 발동해 괴물의 모습이 된 메이플이 좀비 말을 붙들

고 찢어버리려 한다.

보스 구역은 파르스름한 불꽃과 솟아나는 좀비로 가득하고, 말 탄 기사가 검 두 자루를 휘두르고 있다.

그야말로 지옥 같은 그곳에 사리의 모습은 보이지 않았다.

메이플은 혼자서 좀비를 차 날리고 몸통 박치기로 짓뭉개면서 길을 열어 간다.

방어 관통을 비롯한 특수한 스킬이 없는 보스는 메이플의 HP를 전혀 깎지 못하고, 그렇게 한 발 한 발 죽음에 다가간다.

"좋아! 이걸로 끝!"

행동 패턴 변화 따위는 없었던 것처럼 정면에서 유린하여 메이플은 다시 승리를 거머쥐었다.

"으음……. 6층으로 가려면…… 저쪽이구나!"

메이플은 성큼성큼 걸어가 전이 마법진에 오른다.

순식간에 풍경이 바뀌어 5층의 황폐한 땅은 보이지 않게 되고, 이번에는 울퉁불퉁한 바위벽에 둘러싸인 동굴 같은 장소로 나왔다. 다른 점이라면 벽 여기저기가 결정에 뒤덮여 반짝반짝 빛나고 있다는 것이었다.

"좋아…… 이제 괜찮을 것 같네. 이제 됐어, 사리!"

메이플이 그렇게 말하고 커다란 입을 쩍 벌리자 철퍼덕 소리를 내며 사리가 굴러떨어졌다.

"으에…… 멀미 나……."

사리는 빙빙 도는 눈으로 땅에 누워 뒹군다.

그렇다. 사리는 5층을 공략하는 동안 마구잡이로 뛰어다니는 메이플의 입속에 있었던 것이다.

메이플은 사람 모습으로 돌아가서 땅 위에 굴러다니는 사리에게 다가가 몸을 숙이고 득의양양한 얼굴을 한다.

"하지만 겨우 아무것도 안 보고 끝났지?"

"으으…… 기껏 탑에 같이 가자고 해 줬는데, 내가 이래서 미안해."

"괜찮아! 사리도 자주 말하잖아, 적재적소야! 게다가 진짜로 싫은 건 어쩔 수 없고."

"응……."

"아, 그치만 밤중에 전화하는 건 좀 힘들지도."

"그, 그건……! 이, 이제 안 할 거야!"

"에헤헤, 이번에는 사리가 지켜줘!"

"그런 필드만 아니면."

시답잖은 대화를 하고 나서 조금 진정이 됐는지 사리는 몸을 일으킨다.

메이플은 움직일 수 없게 된 사리를 지키면서 싸우는 방법을 생각했다. 지킬 수 있는 범위에 두기 어렵다면, 더 가까이, 몸속에 넣으면 되는 것이다.

양털로 했던 것을 괴물 버전으로 한 셈이다.

"보기엔 좀 그렇지만…… 잡아먹히는 느낌이 이런 거구나."

"아, 맞다맞다, 나도 한 번 먹혔어! 그땐 깜짝 놀랐지……."

"아무튼 이걸로 나도 다시 싸울 수 있……을 거야. 6층은 괘, 괜찮겠지?"

사리가 불안해하면서도 눈앞에 이어진 동굴을 바라본다.

그러자 거기서 다이아몬드처럼 빛나는 몸을 가진 골렘이 모습을 드러냈다.

"다행이다……. 평범한 몬스터야……."

"후훗, 5층 몫까지 힘내!"

"맡겨 둬! 메이플이 쉬어도 될 만큼 힘낼게!"

그리하여 메이플과 기운을 되찾은 사리는 6층 공략으로 넘어갔다.

◆□◆□◆□◆□◆

이벤트 진척 상황을 확인하고 각 층의 특수한 기믹과 아이템에 이상이 없는지 체크하던 운영진은 잘 동작하고 있다는 것을 확인하고 휴 하고 숨을 내쉬었다.

"지금 제일 많이 진행된 게 몇 층이지?"

"【집결의 성검】이 9층에 발을 들였군."

"다른 곳은 5층에서 7층에 드문드문 있는 느낌이군. 어느 층이든 문제는 없어 보여."

그 말을 듣고 예상 범위 이내라는 듯이 고개를 끄덕인다.

최고 난이도의 탑에 도전하고 있는 파티는 다른 탑에 비하면 수가 적지만 그만큼 정예가 모여 있기도 하다. 너무 약하지도 너무 강하지도 않게 밸런스를 잡을 필요가 있었다.

"그럼 다행이군……. 10층은 역시 많았나? 5층은 6층 폐기 몬스터를 재활용한 거고."

"어려운 부분이네요……. 하지만 5층은 딱 알맞게 공략을 늦출 수 있었습니다. 아쉬운 점은 분위기가 많이 비슷해졌다는 것 정도네요."

열 마리의 보스 몬스터와 그에 적합한 필드라면 준비하는 것도 큰일이다.

"뭐, 5층은 속성을 부여하지 않으면 대미지가 안 들어가는 몬스터가 많으니까. 쉽게 돌파당하는 일은 없겠지."

"어딘가 영상을 볼까요?"

"좋군. 정공법으로 공략하고 있을 법한 데를 보자."

모니터에 녹화 영상이 흘러나오고, 【염제의 나라】의 리더 미이의 모습이 비친다. 아무래도 미이는 미저리, 마르크스, 신과 함께 넷이서 공략하고 있는 듯했다.

"넷이서 하고 있나."

"【집결의 성검】의 페인 쪽도 그런 것 같네요."

NWO에서도 걸출하게 강한 두 길드가 멤버를 준비하려고 했다면 얼마든지 준비할 수 있을 터였다. 하지만 그렇게 하지 않는 데에는 뭔가 이유가 있는 듯했다.

그러나 네 명이라도 미저리와 미이의 마법 공격은 5층 몬스터와 상성이 좋고, 마르크스가 함정으로 행동을 봉하고 신은 미저리에게 속성을 부여받은 【붕검】으로 두 사람이 미처 해치우지 못하는 범위를 커버한다.

방패 유저가 없기 때문에 회피 중심으로 진행하지만, 미저리의 마법으로 HP 회복과 소생이 가능하기 때문에 잡몹은 잇달아 쓰러진다.

"미저리는 스킬로 MP를 양도할 수 있으니까, 그야 큰 기술도 연타할 수 있겠지."

영상이 보스전으로 넘어가자, 보스가 쏘는 파란 불꽃을 되받아치듯이 미이가 날리는 대량의 불꽃이 화면을 가득 메운다.

그리고 보스가 경직했을 때 함정으로 움직임을 막고, 다시 불꽃이 덮쳐든다. 주위에 소환된 부하 몬스터가 아무것도 못하는 사이 공격 횟수에서 유리한 신에 의해 잇달아 쓰러져 갔다.

보스가 깎은 멤버의 HP는 미저리의 지속 회복마법으로 쭉쭉 회복된다.

"엄청난 화력이네……."

"MP 공급만 되면 미이의 화력은 어마어마하니까. 미저리와 마르크스의 지원과 신의 연타도 잘 맞물리고 있어."

그렇게 보고 있는 사이에 보스는 거대한 화염구에 휩싸여 빛이 되어 사라진다.

메이플처럼 하루에 몇 번밖에 쓸 수 없는 스킬을 주축으로 삼고 있는 것이 아니라서, 네 사람은 드롭 아이템을 회수하고 빠르게 6층으로 갔다.

"보스가 공격하는 부분은 봤어. 뭐, 저런 느낌이겠지."

"최고 난이도의 5층까지 가장 빠르게 진행한 플레이어가 상대니까요."

원래는 폐기 몬스터였지만 충분히 보스답게 싸웠다고 할 수 있으리라.

그래도 픽픽 쓰러지는 것은 상대가 강하기 때문이다.

그 뒤로도 기록을 몇 개인가 확인해 보니 5층을 한 번에 돌파한 파티는 그렇게 많지 않았다.

"메이플도 봐 두실래요? 클리어한 것 같은데요."

"뭐…… 다른 파티들의 영상도 봤으니까."

어떻게 했을까 하며 영상을 확인하자, 【포학】 상태로 날뛰고 다니는 메이플의 모습이 영상에 나타났다. 보스도 공격을 맞히고 있지만 관통 공격이 아니라서 대미지가 전혀 들어가지 않는다. 그러나 영상에는 함께 있어야 할 사리의 모습이 어디에도 보이지 않았다.

"사리는 어디 있지?"

"어? ……어라, 어디 갔을까요?"

기록을 꼼꼼히 확인하자 사리가 어디 있는지 밝혀졌다.

"……입속에 넣었어?"

"……그런 것 같네요. 아니 뭐, 가능은 한데요."

친구를 입에 넣고 전투하다니 평범하지가 않다.

애초에 그런 짓을 하지 않더라도 메이플이라면 【헌신의 자애】를 쓰면 된다.

"메이플이 하는 짓은 잘 모르겠어……."

"늘 있는 일이지만요."

오히려 지금까지 이해한 적이 있었는지 묻자 남자가 고개를 떨군다.

"아, 이거 때문 아닐까요? 사리는 6층에 들어간 기록이 거의 없어요."

"과연……. 아니, 아무리 그래도."

호러 존의 분위기를 싫어할지도 모른다고 추측할 수는 있었지만, 그것을 감안해도 자기들은 친구를 입속에 집어넣는다는 발상을 할 수 없을 거라고 생각했다.

그리고 메이플이 보스를 격파하고 사리를 뱉어냈을 때, 그들은 모든 영상을 다 봤다며 작업으로 돌아간다.

"들어가면 어떤 느낌일까, 저 입속은."

"들어가 보실래요?"

"사양해 두지……."

영상을 보던 사람들은 또 이상한 걸 봤다는 듯이 말을 흘렸다.

5장 방어 특화와 탑 6층.

6층에 들어온 두 사람을 맞이한 것은 울퉁불퉁한 바위벽과 정비되지 않은 지면, 벽과 지면에서 잔뜩 솟아난 파란색 결정이었다. 마치 얼음처럼 보이는 결정을 보고 두 사람은 3층의 얼음 지역을 떠올렸다. 일단 유령이 나올 것 같은 필드가 아닌데 안도하며 곧장 길을 이동하기 시작했다.

6층 공략을 시작하고 처음으로 나온 것은 온몸이 빛나는 보석으로 된 골렘이었다.

메이플은 그 모습을 보고 또 꺼림칙한 몬스터와 마주치고 말았다 싶어 무심결에 한 발짝 물러선다. 좁은 통로라서 옆으로 빠져나가는 것도 어려워 보였다.

"곧바로 활약할 수 있을 것 같네! 메이플은 지원 부탁해!"

"응, 힘내 사리!"

사리가 딱 보기에도 단단할 듯한 골렘을【디펜스 브레이크】로 공격한다. 메이플의 지원 공격은 명중과 동시에 튕기고 말았다. 더구나 방어력만 높은 게 아니라 HP도 많은 듯, 사리는 몇 번이나 베어야만 했다.

그렇게 눈앞의 몬스터를 해치운 두 사람은 지면에 굴러다니는 소재를 주우면서 한숨을 쉬었다.

"으으…… 방어력이……."

"에휴, 엄청 단단했어……."

동굴의 잡몹으로 나온 보석 골렘은 메이플의 공격이 전혀 통하지 않아서 사리의 방어 관통 스킬로 잡을 수밖에 없었다.

하지만 메이플이 보유한 【헌신의 자애】의 방어에 대한 유효타도 가지고 있지 않았다.

"메이플의 방어도 뚫지는 못하니까, 지지는 않지만. 특별한 아이템 같은 게 나오지 않는 한은 기본적으로 패스할까."

"특별한 아이템?"

"「만년빙」 같은 거. 뭐, 어디선가 막혔을 때 찾아보는 정도면 되지 않을까 싶어."

"그러게."

싸워도 시간만 날린다. 소재가 희귀하다 해도 회수 효율이 너무 나빠서 잡을 이유가 거의 없었다.

"보스도 저런 느낌이면 싫은데."

"그때는 내가 힘낼게. 5층 몫까지 열심히 하겠다고 약속도 했고."

"응, 방어는 나한테 맡겨!"

두 사람이 나아가자 갈림길이 보였다.

그리고 기다리고 있었다는 듯이 번쩍이는 광석 몸에 병사처럼 생긴 인간형 몬스터가 나타났다.

방패와 창을 든 몬스터 세 마리가 나란히 서서 길을 막으며 다가온다.

"피할 수도 있을 것 같은데…… 어떡할래?"

"피하자, 피하자! 저거 분명 방어력 높을 거야!"

메이플에게 떠밀리듯이 옆길로 달려간다.

"메이플의 속도로 도망칠 수 있을 리가 없는데…… 쫓아오지 않는 타입 같네."

"다행이다. 그럼 살았어."

"갈 수 있는 데까지 가 볼까. 물론 전투는 피하면서."

"오케이! 몬스터가 너무 많이 안 나오길……."

그러나 그런 메이플의 바람은 이루어지지 않고, 미로처럼 몇 개나 나타나는 갈림길로 올 때마다 반드시 한쪽에서는 몬스터가 나타났다.

"몬스터가 있는 쪽이 정답인 걸까? 음, 하지만 결정적인 근거가 없는데."

"어떡할까? 한 번 더 싸우고 그쪽으로 가 볼래?"

"갈림길은 확실하게 맵에 남아 있으니까 괜찮아. 미로처럼 되어 있어서 어디가 정답인지 모르니까 어느 쪽으로 가든 헤맬 것 같고. 어딘가 막다른 길이 나올 때까지 간 다음에 다시 탐색하자."

"응, 알았어!"

전투를 되도록 피하기로 한 두 사람은 안쪽으로 쭉쭉 나아가며 맵을 밝혀 나간다.

그리고 진행했던 루트에 마지막으로 남은 공백지대인 커다란 방에 당도했다.

"보스방……이 아닌 것 같네?"

"안쪽에 또 통로가 보이니까 아닐 거야. 하지만 뭔가 나올 것 같으니까 경계하고 있어."

"응. 사리는 뒤에 있어."

그리고 메이플이 방에 한 걸음 내디딘 그 순간, 조금 뒤에서 드르륵 소리가 들리더니 파란 광석 벽이 퇴로를 막는다.

그리고 동시에 큰 방의 지면에서 벽과 마찬가지로 광석이 솟아나 어마어마한 수의 몬스터를 만들어낸다.

"우왓, 몬스터 하우스!"

방에 들어가자마자 대량의 몬스터가 나타나는 트랩으로, 그 압도적인 물량에 어떻게 대처하는지가 중요하다.

"엑? 엑!?"

"아무튼 안 좋아! 한 마리씩 상대해야……!"

메이플의 공격이 통하지 않는 이상 사리가 다 해치울 수밖에 없지만, 정면에서 맞붙기 어려울 만큼 양이 많다. 본 적도 없는 몬스터도 있어서, 관통 공격을 경계한 사리는 당황하는 메이플의 손을 끌고 아주 약간 남아 있는 통로 부분으로 되돌아갔다. 원거리 공격 몬스터가 없어서 다행이었다.
"으음, 공격이 안 닿는 게 좋겠지!"
"가능하면 그렇게 하고 싶은데."
그러자 메이플은 몸에서 양털을 확 키운다. 그것은 좁은 통로의 끝까지 닿아서 또 하나의 벽이 되었다.
메이플은 얼굴을 쏙 내밀고 양털의 벽과 광석의 벽 사이에 있는 사리에게 말한다.
"뒤에서 엄청나게 찌르고 있지만, 이쪽은 괜찮아!"
"후…… 오케이. 그럼 편하게 할 수 있으려나. 안에 들어가자, 메이플. 저 집단 속에 뛰어들 수도 없고, 시간이 걸리겠지만 한 마리씩 해치우면서 가자."
"자자, 들어오세요!"
"네네, 실례합니다."
사리는 양털에 쏙 들어가 반대쪽으로 얼굴을 내밀고, 메이플이 【도발】로 끌어오는 타이밍에 맞춰 팔을 꺼내 이즈의 아이템으로 위력을 강화한 공격으로 한 마리씩 해치워 갔다.
관통 공격의 가능성을 빼면 두려울 것은 하나도 없다.
"불태우지 않는 상대한테는 진짜 세구나."
"폭신폭신한 철벽 가드야!"
"모순……은 아니네."
그리고 메이플이 있을 때 특유의, 잡담을 하면서 적을 해치워 가는 전투가 진행된다.

한동안 사리의 대거와 단단한 것이 부딪치는 소리가 울려 퍼졌지만 그것도 차츰 줄어들어, 이윽고 처음 보았던 몬스터는 모두 쓰러뜨렸다.

"후, 이제는 마음 편하게 뒷정리만 하면 되겠네."

"아, 끝났어?"

"이제부턴 관통 공격이 없는 몬스터만 잡으면 돼. 귀찮지만…… 아직 뒤쪽 통로도 막혀 있고. 영! 차……."

사리는 털뭉치에서 빠져나와 여유가 많아진 광장에서 대거를 휘두른다. 한 마리 한 마리의 움직임은 느리기 때문에 숫자만 줄이면 전부 처리할 수 있다. 그러면 공격을 맞을 일도 없다. 메이플이 지켜주어서 싸울 환경을 만들 수 있었다.

"힘내라 사리! 아, 안 보이지만……."

메이플은 털뭉치 속에서 몸을 꼼질꼼질 움직여 방향을 틀고 있다. 【헌신의 자애】의 방어 필드만 전개하고 있으면 충분히 자기 할 일을 하고 있는 것이다.

메이플이 털뭉치에서 얼굴을 내밀 때까지도 펑펑 몬스터가 사라져 가는 소리가 울려 퍼진다.

그리고 사리가 말한 대로, 마음 편하게 나머지 몬스터를 다 해치울 수 있었다.

"나이스, 사리!"

"응, 활약할 수 있어서 다행이야. 덤으로 소재도 꽤 많이 입수했고…… 막혔던 벽도 사라졌네."

"어떡할래, 사리? 이대로 갈까?"
"응, 제일 안쪽까지 보고 가자. 뭔가 있을지도 모르고."
두 사람은 서로 의논해서 하루에 한 번밖에 꺼낼 수 없는 메이플의 양털은 일단 그대로 두고 나아가기로 했다.
또다시 몬스터 하우스에 진입했을 때를 고려한 것이다.
"……굴려서 갈까."
"언제든 괜찮아!"
사리는 메이플의 양털에 손을 쑥 집어넣고 천천히 데굴데굴 굴려서 안쪽 통로로 들어간다.

결과적으로 통로는 또 갈라지지 않았고, 안쪽에는 작은 보물상자 하나가 받침대 위에 덜렁 놓여 있었다.
"어떻게 생각해, 메이플?"
"어, 어쩐지 수상한데……. 하지만 안 열고 돌아가기도 싫은걸."
"그렇지. 일단 확인해 볼까."
사리는 먼저 보물상자에 마법을 쏘아 보물상자로 위장한 몬스터가 아닌지 확인하고, 그대로 트랩 종류가 없는지 꼼꼼히 확인한다.
"괜찮은 것 같아."
"좋아, 그럼 열게!"
둘이서 손을 대 보물상자 뚜껑을 살며시 연다.

확인한 대로 트랩 같은 것도 없어서 두 사람은 안도의 한숨을 쉬고 안을 들여다본다. 거기에는 스킬 취득용 두루마리가 두 개 들어 있었다.

"둘 다 똑같은 것 같네. 자, 하나는 메이플 거."

"와아! 어떤 스킬일까."

【결정화】

1분간 AGI가 절반이 되고, 모든 디버프에 걸리지 않는다.

3분 후 재사용 가능.

취득 조건 VIT 100 이상.

이걸 쓰면 메이플이 종종 걸렸던 스턴도 없앨 수 있다. 【AGI】 저하도 걱정할 필요가 없으니 순수하게 약점만 줄일 수 있다.

"난 크롬 씨한테나 줄까. 이건 평생 못 쓰겠네."

사리의 VIT는 0이다. 앞으로도 올릴 생각이 전혀 없기 때문에 100이라는 수치는 까마득하게 멀다.

"그럼 난 바로 배울래!"

메이플은 곧장 두루마리를 펼쳐 【결정화】 스킬을 취득한다.

"이 근처엔 몬스터도 없으니까 전투하기 전에 한번 시험해 볼까?"

"그러자! 그럼, 【결정화】!"

그러자 빛이 메이플을 감싸고, 마치 코팅되듯이 아까 본 몬스터와 똑같은 광석이 뒤덮는다.

"피부가 바뀐 것 같은데? 그런데 멀쩡하게 움직일 수 있고, 느낌이 이상해……."

"그것도 신기하지만…… 이것도 코팅되는구나."

그렇게 말하고 사리는 양털을 두드린다. 통통 울리는 소리가 나는 양털은 감촉만 보면 이미 바윗덩어리다.

"얼굴을 집어넣으면 안에 갇히는 걸까?"

"으엑!? 조, 좀 무서운데…… 윽? 파, 팔이 걸려서 안으로 못 돌아가잖아……?"

"엑……?"

메이플은 몸을 꼼지락꼼지락 움직였지만, 밖에 내민 상반신 부분부터 표면이 털뭉치라서 두드려도 통통 소리만 났다.

"뭐, 주된 효과는 디버프 무효니까 보통은 이런 일이 없겠지."

광석 덩어리 같아진 털뭉치에서 상반신만 튀어나와 있는 메이플을 보고 사리는 "이거야 원." 하며 고개를 젓는다.

"으으…… 생각해야 할 게 점점 늘어나……."

"그런 점도 재미있는 부분이야."

메이플은 "잘 쓸 수 있을까." 라고 중얼거리면서 【결정화】가 끝날 때까지 기다렸다.

이 탑에서 얻은 스킬과 아이템이 몇 개인가 있어서 또 언젠가 그것들을 시험해 볼 타이밍이 필요하겠다고 생각했다. 스킬만 해도 【대분화】와 【결정화】 두 개는 메이플에게 유용한 스킬이라고 할 수 있었다.

"이 탑을 다 깨면 메달로 교환하는 스킬도 들어올 거고. 지난번이랑 같은 라인업인지는 모르겠지만."

"아! 그렇구나, 음…… 잘 생각해서 스킬을 받는 게 좋을까."

"마음에 드는 걸 고르면 되지 않을까? 직감으로 말이야. 메이플한테는 그게 맞는 것 같아. 뭐, 고르면 세지는 스킬은 물어보면 얼마든지 설명할 수 있어."

게다가 지금 깊게 생각해 봐야 별수 없다고 말하자, 메이플은 그것도 그렇다며 고개를 끄덕였다.

이러쿵저러쿵하는 사이에 【결정화】 효과가 풀려서 탐색을 재개하게 되었다.

"이번에는 창을 든 병사가 있는 쪽으로 갈 수밖에 없겠네."

"창인가……. 관통 공격 할 것 같아서 싫은걸……."

"그럼 이대로 가자. 그거 있잖아, 방패 사이에 끼는 거."

"어, 괜찮아? ……흰 팔이 나오는데?"

"…………괜찮아."

5층에서 호된 꼴을 당한 사리에게 겁주지 않는 손은 그나마 낫다. 게다가 이러니저러니 해도 그 정도는 익숙해져야 한다는 생각도 있었다.

"알았어! 그럼 장비를 슥삭 바꾸고…… 출발!"

사리는 방패에 끼어 둥실 떠오른 털뭉치 위에 타고 앞을 경계한다. 불이 날아들지 않으면 된다며, 털뭉치로 던전을 날아다닌다.

그러나 잠시 후.

사리는 많이 지친 기색으로 털뭉치 위에 축 늘어져 있었다.

"이제 큰 방은 들어가고 싶지 않아……."

"그러네……. 몬스터가 왕창 나오니까……."

이 층에서 큰 방은 모두 몬스터 하우스였다.

다음 길로 가려고 큰 방에 들어갈 때마다 통로가 봉쇄되고 몬스터가 쏟아지는 것이다.

다행히 물리 공격으로 단순하게 덤벼드는 몬스터밖에 없어서 방어 관통 공격만 조심하면 두 사람이 죽을 일은 없었지만, 적의 높은 방어력과 내성 탓에 두 사람의 유효타가 부족해서 시간이 오래 걸렸다.

"그래도 사리 덕분에 전혀 공격 안 받고 끝났는걸! 살았어!"

"후후, 그럼 열심히 해서 다행이네."

사리는 좀 더 힘내겠다며 양털에 파묻고 있던 얼굴을 든다.

"이런 식이면 보스도 성가신 타입일 것 같네……."

"윽…… 약한 보스면 좋겠는데."

하지만 두 사람을 해칠 몬스터가 도중에 없다는 것은 확실해서, 시간은 걸렸지만 특별한 위험도 없이 보스방 앞까지 당도할 수 있었다.

"어떡할까, 사리. 이대로 가?"

털뭉치 안에 파묻혀 있던 메이플이 얼굴을 쏙 내밀고 사리에게 묻는다.

"메이플의 공격이 안 통할 가능성도 있지만, 보기 전에는 뭐라고 할 수 없으니까…… 이대로 갈까."

"오케이! 그럼 들어가자!"

두 사람은 시럽과 오보로도 새로 작전에 포함시키고, 마지막으로 아이템 등을 확인한 뒤 보스방에 돌입했다. 【헌신의 자애】는 보스의 움직임을 보고 결정하기로 했다.

보스방 문을 밀어 열고 안에 들어가자 넓은 공간이 기다리고 있었다. 천장이 높고 파랗게 빛나는 광석 말고도 빨간색이나 녹색 광석도 보인다. 지면 일부에는 결정이 깔렸는데, 그중 몇몇 개는 메이플이 가지고 있는 「자수정 결정체」처럼 커다란 덩어리가 되어 솟아 있었다. 그 광장 안쪽에 커다란 지팡이를 들고 마술사 같은 모자와 코트를 걸친 170센티미터 정도 되는 남자 한 명이 서 있다.

남자는 메이플과 사리가 방에 들어오자마자 지팡이 끝으로 땅을 쿡 찔러 땅속에서 결정으로 뒤덮인 갑옷 병사를 잇달아 소환했다. 창, 방패, 검을 든 세 종류의 병사가 메이플과 사리에게 다가온다.

"우왓! 나왔어, 사리!"

"메이플, 예정대로 상황을 보자!"

"응, 시럽, 【거대화】! 【사이코키네시스】!"

메이플은 시럽을 공중에 띄우고 사리는 털뭉치에 들어간 상태로 시럽의 배와 털뭉치를 【웹 슈터】로 연결한다.

메이플만이 할 수 있는 공중 대피로, 천장 돔 부근에는 두 사람이 들어간 거대 털뭉치를 단 거북이가 날아다니게 되었다.

두 사람은 어떻게 되었는지 아래를 확인한다.

"우와…… 생각보다 많네."

"와앗, 엄청나네……."

지면에는 결정 갑옷을 입은 병사가 득실득실했다. 두 사람이 상공에서 상황을 살피고 있는 사이에도 보스인 마술사는 정기적으로 병사를 늘려 간다.

"호위를 이만큼이나 내보낸 걸 보면 보스 자체의 방어력이나 HP가 낮을 것 같네."

"그럼 내 차례네! 영차, 독이 안 묻게…… 【히드라】!"

메이플이 단도를 든 팔을 내밀고 쏜 독의 격류에 반응해 보스가 눈앞에 장벽을 전개했다. 독 덩어리가 장벽을 깨뜨렸지만 한순간 막힌 틈에 보스는 교묘하게 범위에서 벗어나 버렸다. 다만 보스는 상공에서 보내는 공격에는 대처했지만, 지금 상황에서 공격할 수단은 없는지 반격은 없었다.

몇 번인가 같은 공격을 시험해 보았지만 결과는 달라지지 않는다.

"우, 어떡할까, 사리? 안 맞아."

"하지만 하나 알아냈어. 저건 많이 움직이지도 않고, 느려. 노리려고 하면 할 수 있을지도."

사리는 만약을 위해서 병사 쪽도 경계하면서 상황을 확인하고 있었다. 병사는 여전히 바로 밑에 모여든 정도라서 일단은 방치해도 문제가 없어 보였다.

"오—! 좋은데!"

"우선 소환을 멈춰야……. 그리고 땅과 하늘을 왔다 갔다 할 수밖에 없나. 큰 대미지를 줄 수 있으면 좋겠는데……."

생각하는 사리를 보면서 메이플도 머리를 굴린다.

그리고 메이플은 무언가 못된 장난을 떠올린 듯한 얼굴로 사리에게 말을 건다.

"……좋은 생각이 떠올랐어?"

"내 나름대로는!"

메이플은 큰 의미도 없이 생각한 것을 사리에게 소곤소곤 속삭인다.

사리는 한순간 놀란 듯이 눈을 동그랗게 떴다가, 시험해 볼 가치가 있다고 끄덕였다.

"알았어. 철수 준비는 나한테 맡겨."

"역시 사리야! 든든해!"

"게다가 어느 정도나 실용적인지 시험해 보고 싶거든."

"좋아, 그럼 하자!"

메이플이 시럽을 천천히 움직이고, 보스 바로 위까지 오자 사리는 시럽과 연결된 거미줄을 뗐다.

똑바로 떨어지는 털뭉치로부터 거리를 벌리려 하는 보스에게서 멀어지지 않으려고 사리가 지면에 거미줄을 뻗어 보스 가까이 낙하하도록 조종한다. 그리고 근처에 잘 착지했을 때 메이플은 스킬을 발동했다.

"【얼어붙는 대지】!"

쩌적 소리를 내며 주위의 지면이 얼어붙고, 가까이 있는 병사와 함께 보스의 움직임이 멈춘다.

사리는 한 번 더 보스 바로 근처에 거미줄을 날려 움직임이 멈춘 보스를 향해 털뭉치를 발사한다.

"사리! 부탁해!"

"영, 차!"

메이플과 사리는 양털을 좌우로 확 헤치고 양털 형태로 보스에게 몸통 박치기를 하고, 그대로 손을 뻗어서 움직이지 못하는 보스의 상반신을 털뭉치에 끌어 넣는다.

"【결정화】!"

상반신이 박힌 채 양털 표면이 굳고, 보스의 몸 절반이 털뭉치 안에 갇힌다.

밖에서는 깡깡 하고 병사들의 공격이 맞는 소리가 나지만, 지금의 메이플과 사리에게는 닿지 않는다.

“에헤헤, 생각대로 됐어! 어서 오세요―!”

“반가워요. 좋은 일은 없겠지만……. 1분간인가.”

양털 속에서 사리와 메이플이 보스를 맞이한다. 두 사람은 서둘러 인벤토리를 조작해 아이템을 꺼낸다.

그것은 이즈가 만든 강력한 폭탄들이었다.

폭발 범위를 포기하고 살상력만 높인 각종 아이템이 양털 속을 꽉 채우듯이 세팅된다.

“아, 사리, 시끄러울 거니까 귀마개 해.”

“고마워. 이제 곧 시간 끝이야.”

“응, 총공격!”

【헌신의 자애】로 보호받는 것은 사리뿐. 메이플의 점화 신호와 함께 보스 영역을 뒤흔드는 폭음이 울려 퍼지고 불기둥과 붉은 대미지 이펙트가 마구 터진다.

【결정화】가 풀린 털뭉치에서는 불꽃과 레이저, 총알에 얼음, 바람 칼날에 돌멩이 등 온갖 것들이 튀어나왔다. 그것들과 함께 양털도 불타 사라져 버렸지만, 마찬가지로 응축된 수많은 공격에 보스도 재가 되어 사라졌다.

그와 동시에 소환되었던 병사들도 사라진다.

“확실히 방어력은 낮은 것 같았지만…… 허무하네.”

“이즈 씨의 아이템 진짜 세―.”

"아니, 뭐…… 그만큼 한꺼번에 터지면……. 보스가 불쌍해 보일 지경이야."

"세상은 약육강식이야! 이번에는 우리가 이겼어."

보스들에게 다행인 것은 【발모】를 하루에 한 번밖에 쓸 수 없기 때문에, 다음 보스는 이 겉보기만 자폭인 공격을 받는 일은 없을 거라는 점이다.

"다음으로 갈까?"

"물론! 스킬은 아직 많이 남았어!"

두 사람은 다음 보스도 후다닥 잡자고 이야기하면서 7층으로 향했다.

막간 방어 특화와 집결의 성검.

시간은 거슬러 올라가, 메이플과 사리보다 훨씬 먼저 6층을 공략하고 있는 파티가 있었다.

언제나 공략의 최전선을 걷는 자들. 페인, 드레드, 드라그, 프레데리카, 바로 이 네 사람이다.

【집결의 성검】 멤버들은 그 압도적인 전력으로 잇달아 보스를 격파하고 있었다.

"어휴…… 페~인, 내 부담이 너무 크지 않아~?"

"프레데리카도 넷이서 도전하는 데는 찬성했지 않나?"

"애초에 제안한 사람이 프레데리카야."

드레드가 주위를 경계하면서 말하자 프레데리카는 눈을 슥 피한다.

"읏……. 뭐~ 그렇긴 하지만~."

평소처럼 사리와 결투하러 가서 탈탈 털렸을 때, 프레데리카는 사리가 메이플의 권유로 둘이서 이벤트에 참가한다는 소식을 들었다.

그리고 때마침 이번 이벤트에 어떤 멤버로 갈지 페인과 다른 사람들이 고민하고 있을 때 프레데리카가 뛰어들어, 메이플과 사리는 둘이서 간다고 하니까 우리도 넷이서 가야 한다고 강하게 주장한 것이다.

"말을 꺼냈으니 끝까지 힘을 쓰라고."

"다들 좋아했잖아~!"

"메이플은 둘이서 공략하고 있다. 소수 인원으로 공략하는 것은 메이플과 사리의 전투력을 가늠할 지표가 될 거다."

"하하, 그럴듯한 소리를 하잖아."

"그래. 물론 지고 싶지 않다는 생각도 있다."

"그럼 정신 바짝 차리고 해야지! 어이쿠, 바로 납셨는데!"

이야기하면서 나아가던 네 사람은 전투 모드로 들어가 눈앞의 적을 본다.

결정 갑옷을 걸치고 방패와 창을 든 세 병사가 나란히 걸어오고 있다. 그 뒤에는 똑같은 갑옷을 입고 활을 든 병사도 있었다.

"이 폭이라면, 어떠냐!"

드라그가 제일 먼저 뛰쳐나가 도끼를 옆으로 휘두른다. 그 공격은 방패와 갑옷에 직격해 으드득 소리를 내며 세 병사를 넉백으로 날리고 넘어뜨린다.

병사들 뒤에서 드라그에게 화살 세 대가 동시에 날아온다.

"【다중장벽】!"

그러나 그 화살은 전부 프레데리카가 만들어낸 장벽에 가로막혀 기세를 잃고 땅에 떨어진다.

"어, 고맙다."

"좀 더 조심하면서 공격할래~? 방어도 회복도 다 내 담당이거든~!"

프레데리카가 그렇게 말하는 사이에 창을 든 병사가 셋 다 일어나려 한다.

"오? 노 대미지?"

"방어 관통이 필요한 거 아니냐. 잔챙이가 이러면 좀 귀찮군……【아머 스루】!"

그렇게 말하며 드레드가 달려가 반쯤 일어나던 병사의 머리에 단검을 찔러 넣어 연속으로 공격한다. 드레드는 스킬로 단시간 공격에 방어 관통을 부여하고 패시브 스킬로 머리 부분에 대미지를 증가시켜 병사 하나를 간단히 빛으로 바꾼 뒤, 그대로 궁수에게 직진한다.

"【트리플 슬래시】!"

3연격이면 충분하다는 듯 갑옷을 베자 후위의 궁수도 쉽사리 빛이 되어 흩어졌다.

그리고 드레드를 쓰러뜨리기 위해 뒤로 돌아온 전위의 병사를 뒤에서 드라그의 도끼가 덮친다.

"【갑옷 부수기】!"

이번에는 방어 관통 스킬을 사용한 공격이다. 나머지 두 병사는 요란한 소리를 내며 땅을 구르고, HP가 0이 되어 사라졌다.

“생각보다 잔챙이였군. 방어 관통을 써야 하는 게 귀찮은 정도야.”

“드레드, 좋은 스킬 가지고 있네~. 그런 게 있었던가?”

“최근에 취득한 단검 전용 스킬이야. 프레데리카는 못 써.”

“그렇구나, 유감~.”

“후딱 가자고. 이 정도는 프레데리카도 쉽게 할 수 있잖아.”

“그렇지~. 드라그가 조심해서 싸워 주면 더 쉬울 텐데~.”

“하하하! 그건 어렵지.”

“왜~!”

메이플과 사리와는 다르게, 확실하게 관통 공격을 할 수 있고 일격을 받아도 상관없는 네 사람에게는 대수롭지 않은 적이다. 그렇게 쭉쭉 격파하며 탐색을 진행하는 사이에 네 사람은 큰 방에 다다랐다.

“보스 아냐?”

“아무리 그래도 너무 이르지 않나 싶은데?”

“경계는 해 두자. 프레데리카, 버프를 다시 걸어 주겠나.”

“네에~.”

네 사람이 방에 발을 들이자 통로에 광석 벽이 세워지고 방이 봉쇄된다.

그와 동시에 대량의 몬스터가 방바닥에서 쏟아져 나왔다.

“어이쿠, 참 귀찮은 짓을…….”

“어쩔 거야~ 페인!”

“내가 하지. 드라그, 잠시 시간을 끌어 주겠나.”
“맡기라고! 【땅 가르기】!”
드라그가 지면을 갈라 몰려드는 몬스터의 발을 묶고 있는 사이에 페인이 자신에게 버프를 잇달아 건다. 그리고 준비가 끝난 페인이 검을 슥 뽑는다.
“【범위 확대】! 【단죄의 성검】!”
페인의 스킬에 의해 환하게 빛나는 검이 공간을 찢을 듯 번뜩여 전방에 넓게 퍼진 대량의 몬스터를 한 번에 양단한다.
“【괴벽(壞壁)의 성검】!”
그대로 다시 몬스터에게 돌격해 근처의 몬스터 세 마리를 한꺼번에 베어 날린다.
페인의 일격으로 판세는 이미 기울었다.
드라그에게 발이 묶여 멈춰 있던 몬스터는 페인의 공격을 피할 수 없다.
“흡!”
몬스터들에게 에워싸인 가운데 페인은 방패를 사용해 공격을 쳐내고 한 마리 한 마리 차례대로 쓰러뜨려 간다.
페인이 검을 휘두를 때마다 몬스터가 한 마리씩 사라진다.
반대로 몬스터의 공격은 방패에 튕기고, 허공을 가르고, 검에 막힌다.
프레데리카는 페인이라면 괜찮다고 보고 드라그와 드레드의 지원을 맡는다. 아무리 몬스터가 많아도 페인에게는 큰 장해물이 되지 않는다.
사리처럼 피하는 것도 메이플처럼 버티는 것도 아니다.
그러나 누구보다도 안정되고 굳건하게 강하다. 그렇게 페인이 최후의 일격을 휘두른 뒤에는 아무것도 남지 않았다.
"좋아, 끝났나."
"수고했어~. 말은 그래도 무지 여유 있어 보이는걸."
"드라그가 발을 묶어서 단숨에 수를 줄일 수 있었다. 덕분에 편하게 싸웠다."
"방패가 있다곤 해도 참 잘 쳐낸다니까."
"진짜. 드라그도 조금은 본받아 봐~."
"나는 공격 특화형이거든? 그런 건 내 전문이 아냐."
"으에~ 뻔뻔하긴~."
단 수십 초 만에 몬스터 하우스를 정리한 네 사람은 발걸음도 가볍게 6층 탐색을 계속한다.
도중에 몇 번이나 몬스터 하우스에 들어갔지만 단 1분도 네 사람의 발을 묶어놓지 못했다.
지금까지 거쳤던 층도 그랬듯이 네 사람은 전투 능력을 풀로 활용해서 맵을 시원시원하게 전부 열었다.
당연히 도중에 떨어져 있는 아이템이나 소재, 스킬 등도 회수했다.
그리고 네 사람이 6층 맨 안쪽에서 발견한 스킬은 메이플과 사리도 입수했던 【결정화】였다.

"이건 안 되겠군. 내 스테이터스와는 안 맞아."

"나도 못 쓰겠군. 【VIT】를 100이나 요구하면 무리야."

"나도 안 돼~."

"다행히 스크롤이다. 사용할 수 있는 플레이어에게 양도하는 것도 방법이겠지."

"이걸 쓸 수 있는 사람이라면~ 우리 길드 방패 유저 중 누군가일까."

이 스킬을 쓸 수 있는 플레이어는 방패 유저가 대부분이리라.

네 사람의 머릿속에는 물론 메이플도 떠올랐다.

"이걸로 메이플에게 상태이상 공격은 안 통하게 된 건가~."

"다음에 싸울 때는 있다고 생각하고 전략을 짜야겠지."

"그렇겠지……. 뭐, 이 정도로 끝나면 귀여운 편 아냐?"

"그렇지. 프레데리카 말로는 또 스킬이 늘어난 것 같던데."

"다음에야말로 이길 거다. 그러려면 이 탑쯤은 공략해 두어야 한다."

페인이 그렇게 말하자 세 사람도 고개를 끄덕인다. 이미 이 층의 탐색은 완료했다. 당연히 보스방 위치도 파악이 끝났다.

"보스도 얼른 해치우자."

"그래, 몬스터 하우스도 이제 질렸어."

"그럼 가자고. 도끼를 휘두르기 쉬운 곳이면 좋겠는데."

"보스전은 성실하게 지원해야겠네~."

도중에 나오는 몬스터를 가볍게 날려버리고 네 사람은 보스방에 돌입했다.

보스방 문을 열고 안에 들어간 네 사람 앞에 커다란 모자를 쓰고 지팡이를 든 마술사 같은 보스가 모습을 나타낸다. 보스는 네 사람을 인식하고는 곧바로 대량의 병사를 소환했다.

"전부 도중에 나왔던 놈들인가……. 귀찮군……."

"어떡할래~? 보스만 해치울까?"

"그래, 그 방침으로 가자."

"오케이, 맡겨 둬!"

몬스터 하우스 때와 할 일은 똑같다는 듯이 드라그가【땅 가르기】로 움직임을 막고 프레데리카가 마법으로 공격한다.

그러나 그 공격은 보스가 공중에 전개한 장벽에 가로막혀 대미지를 주지 못했다.

"우와~ 나랑 같은 마법 지원 타입인가……."

프레데리카의 공격으로는 쓰러뜨릴 수 없다고 본 페인이 보스 쪽으로 빠져나가려 한다.

그러자 보스가 그에 반응해 몸을 지키려는 듯이 다시 병사를 소환했다.

"추가 소환? 페이스가 빠르군……."

"잠깐~! 아무리 그래도 너무 늘어나면 다 못 지켜~."

"이쪽은 내가 할까……. 페인! 그쪽은 부탁해."

"알겠다!"

"【다중가속】, 【다중증력】! 【전장의 노래】! 【고양】!"

프레데리카가 페인과 드레드에게 효과시간이 짧은 버프를 잇달아 건다.

네다섯 개 정도가 아니다. 스킬과 마법을 가리지 않고 대량의 버프를 받아 두 사람의 몸이 확 가속하고, 대미지가 상승한 무기에서 붉은 오라가 피어오른다.

"【아머 스루】, 【선풍연참】!"

"【범위 확대】! 【단죄의 성검】!"

보스방 양쪽에서 무시무시한 양의 대미지 이펙트가 터진다.

드레드는 방어 관통 효과를 부여한 빠른 연속 공격으로 범위에 있는 대상을 잇달아 해치우고, 페인은 일격에 증원된 병사 전부를 날려 버렸다. 그리고 눈앞의 공간이 트였을 때 드라그가 스킬을 사용해 가속한다.

"【돌진】! 【파워 액스】! 자, 받아라!"

드라그는 보스 뒤로 돌아가더니 도끼를 휘둘러 보스를 페인과 드레드 쪽으로 날린다.

자세가 무너진 보스 주위에 카운터를 치겠다는 듯이 대량의 마법진이 전개되고 결정 화살이 발사된다.

""【초가속】!""

두 사람은 단숨에 가속해서 화살의 비를 빠져나와 보스에게 접근해서 다시 공격을 가한다.

“【퀸터플 슬래시】!”

“【단죄의 성검】!”

두 사람의 공격이 몸통에 꽂히고 보스의 HP 게이지가 확 감소한다.

그래도 아직 죽지 않는 모양인지, 발밑에서 충격파를 쏘아 두 사람을 날리고 거리를 벌린다.

“【멀티 힐】!”

프레데리카는 조금 전 화살의 비에 대미지를 받은 드라그와 충격파를 받은 페인과 드레드를 회복해 다음 공격에 대비한다.

보스가 지면에 지팡이를 대자 커다란 마법진 세 개가 전개되고, 온몸이 결정으로 된 드래곤이 한 마리씩 모습을 드러낸다. 그 뒤를 따르듯 병사들도 모습을 나타낸다.

“하! 제법 화려하게 나오는군!”

“주의해라. 이것도 다 쓰러뜨릴 필요가 있겠지.”

“프레데리카. 이걸 전부 해치우긴 귀찮아……. 내【아머 스루】를 페인에게 넘겨주고 끝내자.”

“응~ 페인 괜찮아~?”

“……그래, 상관없다. 피해가 나오기 전에 끝내자.”

“알았어~. 자 다들, 공격력을 올려~!”

보스가 잇달아 결정 화살을 날리고 드래곤은 광선을 쏘며 네 사람을 날카로운 발톱으로 도려내려 한다. 네 사람은 병사의 공격을 피하면서 준비를 끝냈다.

"【다중전체전이】!"

프레데리카의 마법으로 드레드와 드라그와 프레데리카에게 걸려 있던 모든 버프가 페인에게 옮겨간다.

수많은 버프를 받아 더욱 강한 오라를 뿜는 페인이 검을 정면으로 슥 겨눈다.

페인을 타게팅한 보스가 활을 쏘고, 드래곤 세 마리가 광선을 내뿜고, 병사가 파도처럼 덮쳐든다.

"【파괴의 성검】!"

그러나 되받아치듯이 페인이 쏜 강렬한 빛과 참격의 충격파가 지면을 도려낸다. 대량의 공격력 상승 버프가 걸린 그 일격은 화살도 광선도 군세도 하나같이 빛으로 바꿔 삼켜버렸다.

전원의 힘을 한 점에 집중한 그 압도적인 위력 앞에 부하 몬스터들은 버티지 못했다.

"잡았다!"

그 빛을 가르고 접근한 페인은 소환 몬스터의 보호로 간신히 살아남은 보스에게 검을 내리쳐 어깻죽지부터 커다랗게 대미지 이펙트를 터뜨린다.

그리고 보스는 단말마를 남기고 털썩 쓰러져 쩡 하는 소리를 내고 부서져 사라졌다.

"후…… 수고했어, 고생했어~."

"그래, 모두 고맙다."

페인이 검을 집어넣고 흙먼지를 턴다. 드롭 아이템도 회수해서 분배했고, 이제는 7층으로 가기만 하면 된다.

“오오, 멋진 위력이었어, 페인.”

“이런 식으로 다음에도 이길 수 있으면 편할 텐데 말이지.”

“이제 탑도 절반을 지났다. 쉽지 않은 보스도 있겠지.”

“우리라면 괜찮아, 괜찮아!”

“그렇지. 다음번에도 버프랑 방어 잘 부탁해.”

“글쎄 방어가 필요한 건 드라그뿐이라니까~.”

“팔팔하군……. 그럼 곧바로 다음으로 가자.”

“그렇게 하자. 아직 전투 능력은 떨어지지 않았다. 갈 수 있는 데까지 갈까.”

“1등으로 깨고 싶으니까~!”

“그렇다마다! 이런 데서 꾸물댈 순 없지.”

이렇게 해서 네 사람은 보스를 더 강한 힘으로 정면에서 해치우고 7층으로 걸음을 옮긴다.

목표는 1등 클리어. 넷이서 도전하는 이유는 이것저것 갖다 붙였지만, 요컨대 네 사람 다 지고는 못 사는 성미였다.

6장 방어 특화와 탑 7층.

"여기는……."

"또 엄청난 데로 나왔네……."

7층에 온 두 사람을 맞이한 것은 시야를 하얗게 물들이는 눈보라와 무릎까지 쌓인 눈, 한 걸음 앞의 깎아지른 듯한 절벽이다. 상공에는 거센 눈보라에 흐린 하늘이 펼쳐질 뿐이다. 아무래도 목적지는 절벽 밑인 것 같지만 눈보라 때문에 잘 확인할 수 없었다.

탑 안이라고 생각할 수 없는 광경에 두 사람은 숨을 삼킨다.

휘날리는 눈발 탓인지 장비 일부가 얼어붙어 하얗게 빛나기 시작했다.

"어쩔까, 사리? 일단 보이는 곳엔 몬스터가 없는 것 같은데."

"절벽 위 같으니까…… 밑으로 가……는 걸까?"

눈보라 탓에 도저히 주위를 확인할 수 없어서 두 사람은 우선 발밑을 조심하면서 탐색해 나간다.

그 결과, 절벽 아래로 내려갈 수 있을 듯한 발판이 이어질 뿐 다른 방향으로는 못 간다는 것을 알게 되었다.

"절벽에 바짝 붙어서 이동할 수밖에 없겠네. 다만……."

"으으, 바람이 엄청나!"

눈보라로 시야도 나쁘고 발밑도 눈에 덮여 있다. 강풍까지 합쳐지면 작은 발판을 밟고 가기는 어려워 보였다. 애초에 보통 날씨였어도 메이플은 힘들 정도다.

"그래도 밑으로 갈 수밖에 없지만. 어떡할래?"

"시럽을 불러서 타고 가면 편하게 내려갈 수 있지 않을까?"

그리고 메이플이 시럽을 불러내려 했지만 어쩐 일인지 반응이 없다.

"어라? 음, 안 되네. 어떻게 된 거지?"

메이플의 반응을 보고 사리가 스테이터스를 확인한다.

그러자 장비의 일부 스킬과 능력을 봉인했다는 내용이 떠 있었다. 메이플의 스킬 슬롯에 설정한 평소의 주력 스킬은 전멸이다.

"【파괴불가】랑 스테이터스 상승은 안 없어졌지만 【신기루】랑 【대해】는 못 쓰는 것 같아. 메이플도 그렇지 않아?"

"으으…… 큰일이야……. 하지만 7층까지 왔구나 하는 느낌이 들어!"

"오, 좋은데. 의욕이 넘쳐."

빡빡한 제한이 있지만 메이플도 어지간한 일로는 꺾이지 않게 되었다. 사실 심한 대미지만 안 받으면 그다지 의기소침해지는 일이 없다.

“자 그럼, 얌전히 내려갈까?”

사리에게 뭔가 생각이 있는 듯, 메이플을 보고 웃음을 띤다.

“에헤헤, 여기서 질러갈 수 있을 것 같지 않아?”

“응, 그러네. 그렇게 말할 줄 알았어.”

두 사람은 발판이 깔린 절벽 가장자리에 서서 절벽 아래를 본다.

목적지가 보이지 않아도 메이플은 마음만 먹으면 뛰어내릴 수 있다.

즉, 질러간다는 것은 메이플의 방어력에 맡기고 자유 낙하한다는 뜻이었다.

“【헌신의 자애】가 봉인되지 않았다면 나도 따라갈 수 있고, 정식 루트가 메이플한테는 더 힘들잖아.”

“그럼 준비하자, 준비! 몸은 잘 고정해야 할걸? 날아가 버리면 큰일이니까…….”

“오케이, 만약을 위해 아이템을 준비해 놓을게.”

한 손은 【웹 슈터】를 위해 남기고, 다른 한 손에 5층에서 입수한 물덩어리를 만들어내는 아이템을 챙겨서 메이플과 등을 맞대고 밧줄로 몸을 고정한다.

“어쩐지, 자연스럽게 절벽으로 몸을 던진다는 발상이 나오게 돼 버렸네. 어휴, 이게 다 메이플 때문이거든?”

“아하하……. 날이 개면 다음번엔 좀 더 평범하게 내려갈까…….”

"그럼, 갈까?"
"오케이! ……하나—둘—셋!"
두 사람은 한 번 심호흡을 하고, 팔을 크게 휘둘러 반동을 주고 공중으로 뛰어든다.
메이플과 사리는 눈보라를 가르며, 까마득히 아래에 있는 보이지 않는 땅을 향해 다리부터 똑바로 떨어진다.
"우우우…… 바람 소리가 엄청나!"
"그러, 네!"
그렇게 낙하해 가면서 눈보라가 약해지고, 흩날리는 눈발 속에 희미하게 지상의 풍경이 보이기 시작한다.
딱 보기에도 방어를 관통할 듯 하늘로 치솟은 날카로운 얼음이 쫙 깔린 대지가 보였다.
"으엑!? 아, 아아, 안 돼. 저건!"
"뛰어내릴 걸 예상해서 가시밭을……!?"
사리는 그것을 보고 즉시 손에 들고 있던 아이템을 사용한다. 5층 비가 내리는 구역에서 입수한 아이템에서 커다란 물덩어리가 두 사람 바로 밑에 쑥 튀어나와 두둥실 떠오른다.
"【워터 월】, 【빙결영역】!"
스킬과 아이템으로 생성된 대량의 물이 사리의 스킬로 곧장 얼어붙는다.
얼어붙어도 떠오르는 성질은 남아있어서, 메이플과 사리는 엄청난 소리를 내며 얼음덩어리에 격돌하고, 깨부수면서 속도를 떨어뜨렸다.

"완전히 멈추지는 않지만……."

사리는 다시 물구슬을 만들어 얼리고 물구슬이 딱 머리 위에 올 때까지 거미줄을 연결하더니, 몸을 흔들어 억지로 절벽 쪽으로 방향을 바꾼다.

절벽에도 날카로운 얼음이 있지만 아래 지면보다는 낫다.

"메이플, 방패!"

"어, 앗, 응!"

메이플이 방패를 들고 절벽에 격돌한다. 방패로 다 못 막은 얼음이 메이플을 스쳐 대미지 이펙트를 뿌린다.

"으에에……."

"【힐】. 일단 바닥에 내리자."

메이플의 상처를 치유하고 사리와 둘이서 얼음 바닥에 주저앉는다. 메이플은 얼음이 스친 자리를 문지르면서 얼음 가시를 보고 얼굴이 창백해졌다.

"여, 역시 꼼수는 안 되는구나……."

"그러네……. 보이지 않는 곳에 뛰어내리는 건 그만두자."

"몬스터가 아니라서 다행이야."

"그러게. 여기까지 와서 노 대미지 클리어를 실패하긴 싫으니까."

하지만 이걸로 두 사람은 초반과 중반을 건너뛰고 단숨에 절벽 밑 근처까지 올 수 있었다.

"후…… 심장이 콱 쪼그라들었어—."
"나도. 대비책을 생각해 두길 잘했어."
두 사람은 조금 안정될 때까지 잡담을 나누고 나서 등을 맞대고 묶었던 밧줄을 풀고, 이번에는 제대로 벽을 따라서 더욱 아래로 신중하게 내려갔다.

얼마 안 남은 정식 루트를 두 사람은 천천히 나아간다.
무슨 일이 일어날 법한 장소를 건너뛰었기 때문에 아무 일 없이 발판을 건너서 절벽 밑에 당도할 수 있었다.
눈앞에는 조금 전 두 사람을 꿰뚫을 뻔한 키보다 큰 얼음 가시가 숲처럼 펼쳐져 있다.
"……저쪽일까? 가 볼 만한 곳은."
눈보라가 약해지고 시야도 좋아졌을 때 사리가 가시 사이로 나 있는 좁은 길을 가리킨다.
"옆을 빠져나가기만 하면 안 찔릴 테고, 다행이야."
두 사람은 얼음 가시가 늘어선 틈새를 슥슥 빠져나간다.
도중에는 몬스터의 기척이 없었다. 아무래도 이 층의 관문은 몬스터가 아니라 지형 그 자체였던 듯하다.
"그럼 이 가시는 역시 방어 관통일까. 떨어져서 찔렸으면 아마 즉사했겠다."
"으으…… 발이 안 미끄러져서 다행이야……."
그다지 즉사급 대미지를 받을 일이 없는 메이플은 얼음 가시를 통통 두드리는 사리의 말을 듣고 등골이 쭈뼛했다.

그리고 앞으로 나아가자 눈앞이 확 트이더니 눈에 덮인 원형 광장으로 나왔다.

"보스?"

"지금은 없는 것 같은데…… 왔나?"

얼음 가시를 뚝뚝 꺾는 커다란 소리를 내면서 두 사람의 정면에 거대한 가시투성이 구체가 세차게 굴러온다.

그것은 두 사람 앞에서 몸을 확 펼친다.

그러자 등에는 조금 전까지 봤던 것과 비슷한 창백한 얼음 가시가 있고 몸은 새하얀 눈으로 된 고슴도치 비슷한 보스가 나타났다.

"귀여워! ……귀엽지만!"

"저 몸으로 굴러오면 곤란하겠네……."

두 사람은 딱딱해 보이는 등의 가시와 생김새로 봤을 때는 상상할 수 없는 속도로 굴러오는 장면을 방금 보았다.

방어 관통임을 대놓고 드러내는 돌진에 맞을 수는 없다.

고슴도치는 메이플과 사리를 인식하더니 눈으로 된 몸을 쏙 말고 눈뭉치가 되어, 몸 표면을 얼음 가시로 뒤덮고 메이플과 사리에게 돌진했다.

"메이플, 준비해!"

"응!【피어스 가드】."

메이플은 사리를 뒤에 숨기고 보스의 덩치를 방패로 받아 흘리려 했지만 속도에 떠밀려 튕겨 날아간다.

"으으…… 엄청 빨라."

눈을 털어내며 일어선 메이플에게 대미지는 없지만 이대로 마구 굴러다니게 됐다간 제대로 공격할 수 없다.

"어떻게든 움직임을 막아야 해."

"어, 어떡하지?"

"……응? 메이플, 저걸 봐!"

사리가 가리킨 보스의 등에 난 얼음 가시 두 개가 뿌리째 부러져 있었다.

저것만 없어지면 메이플을 위협하는 관통 공격은 사라질지도 모른다.

"시험해 보자. 공격한 다음에 확실하게 방어해서 가시가 부러진다면 공략할 수 있을 거야."

"응, 힘낼게! 【전 무장 전개】!"

메이플은 무장을 전개하고 다시 굴러오려 하는 보스를 향해 사격을 개시한다.

총격은 보스의 등에 맞아도 대미지를 주지는 못했지만 얼음 가시는 조금 부러뜨릴 수 있었다.

"온다!"

"【커버 무브】!"

메이플은 아슬아슬할 때까지 사격을 계속하고, 뛰어서 물러난 사리에게 고속으로 따라가 회피한다.

"에헤헤, 오랜만에 이걸로 피한 것 같아."

"지금 건 맞으면 대미지가 두 배가 되니까 조심해."

"앗! 그랬지. 안 맞도록 해야지……."

"……구르는 동안에는 공격해도 의미가 없는 것 같네."

"진짜다! 기껏 쐈는데 안 부러졌어."

"우선 대미지를 줄 수 있는 타이밍을 확인하자. 변화 요소가 좀 있는 것 같으니까."

"응! 피할 수 있으면 안 무서워!"

"이 정도 속도라면 어떻게 될 것 같아. 공격은 맡길게."

"좋아—! 대신 피하는 건 맡길게!"

메이플이 공격한 다음 사리가 피하는 것에 맞춰【커버 무브】를 써서 돌진을 피한다.

회전 중에는 무적인 듯했지만 보스가 멈추고 나서 다시 구를 때까지의 틈을 노리는 것은 두 사람에게 어려운 일이 아니었다.

이렇게 반복해서 두 사람은 등의 가시를 전부 꺾는 데 성공했다.

"좋아—! 이건 어떠냐!"

관통 공격의 위협이 사라지자 메이플은 가슴을 펴고 환성을 지른다.

그리고 다음 돌진에 대비하고 있던 두 사람의 눈앞에서 보스 고슴도치는 눈에 미끄러져 뒤집힌 채 일어나지 못하고 버둥

대며 날뛰기 시작했다.
"찬스다!"
"큭, 하지만 애매하게 멀어!"
"사리! 날 잡아!"
"어? 앗, 알았어!"
메이플은 무장을 지면으로 겨누고 폭발시켜 똑바로 보스 쪽으로 날아간다.
그리고 빈틈투성이인 복부에 추락하듯이 내리더니 제대로 됐다는 듯이 웃는다.
"【파이어 볼】, 【트리플 슬래시】! 좋아, 대미지가 들어가!"
"으음…… 쓸 수 있는 공격 스킬…… 앗, 【백귀야행】!"
버둥버둥 몸부림치던 고슴도치의 양쪽에 거대 도깨비가 두 마리 나타나 쇠몽둥이를 퍽퍽 내리쳐서 대미지를 준다.
"어, 엄청난 광경이네……."
"별로 대미지가 안 나오네…… 우왓!?"
"내성이 있는 걸지도 몰라. 일단 떨어지자!"
겨우 자세를 바로잡은 보스가 메이플을 흔들어 떨어뜨리자 사리가 받아내고 거리를 벌린다. 불 속성 이외의 공격은 대미지가 감소되는 모양인지 대미지는 많이 들어가지 않았다.
"음…… 앗! 너희도 이제 공격 안 해도 돼!"
거대 도깨비는 눈 속으로 슥슥 파고드는 보스를 계속 공격하고 있지만 대미지는 못 주고 있었다.

"앗! 도망쳐 버리잖아!"
"아니, 이건 아마도……."
그리고 모습을 감췄던 보스가 잠시 후 다시 나타났다.
새로운 얼음 가시에 덮인 모습으로.
대기하고 있던 거대 도깨비 두 마리가 쇠몽둥이로 퍽퍽 때리지만 그것만으로는 가시를 전부 부러뜨리지 못하고, 그대로 고슴도치의 강력한 돌진을 받아 거대 도깨비들은 사라지고 말았다.
"아앗—!"
"공격력이 올라갔을지도 몰라! 메이플, 확실하게 피하자!"
"으, 응! 절대 안 맞고 싶어……."
메이플의 강력한 공격 스킬을 거의 쓰지 못하고, 사람 수가 둘이라 순수하게 손이 부족하기 때문에 고슴도치를 쓰러뜨리기에는 아직 시간이 걸린다.
계속 집중할 수 있는지 여부가 승리의 열쇠였다.
돌진을 피하고는 조금 공격했다가 떨어지기를 반복하며 두 사람은 보스의 HP를 슬금슬금 깎아 나간다.
그러나 신중하게 싸우면 대미지를 받을 상대도 아니었다.
"피하고…… 공격!"
"좋아, 절반도 안 남았어!"
HP 게이지의 색깔이 변하고, 두 사람은 마침내 여기까지 왔구나 생각하며 다시 집중한다.

여기서 대미지를 받으면 모든 것이 물거품이 된다. 두 사람이 보는 앞에서 고슴도치는 다시 눈 속으로 슥슥 파고들어가 모습이 보이지 않게 되었다.

"또야!?"

"메이플! 패턴이 바뀔지도 모르니까 일단 떨어져서 상태를 보자!"

"알았어!"

사리는【얼음 기둥】을 발동하고 거미줄로 연결해 서둘러 지면에서 떨어진다.

그 직후 지면에서 얼음 가시가 불규칙하게 솟아나 두 사람을 꿰뚫으려 한다.

"아, 위험했어……."

"땅속에 들어가면 지면을 조심해야겠어. 저기 봐, 보스는 밑에 있으니까."

"과연, 그렇구나."

이러쿵저러쿵하는 사이에 지면의 얼음 가시가 사라지고 대신 보스가 지면에서 나온다.

"다시 나왔으니까, 내려갈게!"

"오케이!"

두 사람은 똑같이 고슴도치의 돌진을 기다렸다가 지금까지처럼 옆으로 비켜서 피하려 했다.

그러나 행동 패턴 변화가 여기서도 나타나, 고슴도치가 두 사람이 피한 방향으로 휙 진로를 바꿔 돌진해 왔다.
"왓!? 커, 【커버】, 【피어스 가드】!"
순식간에 스킬을 발동시키고 사리 앞에서 방패를 든 메이플에게 얼음 가시가 직격한다.
와드득 소리를 내며 가시가 부서지지만 그대로 기세를 늦추지 않고 굴러간다.
"위험해, 위험해……. 머리가 쓸렸어……."
무심코 머리를 문지르면서 대미지가 없는지 확인하고 보스가 굴러간 쪽을 쳐다본다.
"잘 판단했어, 메이플. 미안해, 다음번엔 잘 피할게."
"응, 부탁할게!"
다시 돌진하는 보스를 똑같이 뛰어서 물러나 피하자, 당연히 쫓아오듯이 방향을 바꾼다.
"【도약】! 영, 차!"
사리는 【도약】으로 뛰어서 물러나고는 메이플에게 거미줄을 붙여서 끌어당겨 돌진 궤도에서 벗어나게 했다.
한 번 더 꺾지는 않아서, 두 사람은 보스가 그대로 똑바로 굴러가는 것을 바라본다.
"【커버 무브】는 만약 맞았을 때 큰일 날 것 같으니까."
평소에는 없는 셈 치던 대미지 2배도 방어 관통 공격이 상대일 때는 무시할 수 없다. 【피어스 가드】 효과가 떨어지면 HP가 낮은 메이플에게는 치명상이 될 수도 있다.

"HP를 더 깎으면 한 번 더 꺾어서 오는 걸까?"

"그럴지도. 패턴이 변하기 전에 단숨에 끝장낼까."

스킬로 위로 대피할 수 있는 두 사람에게 지면에서 나오는 가시는 큰 위협이 되지 않아, 똑같은 행동을 되풀이하여 꾸준히 대미지를 준다.

이즈에게 받은 공격에 불 속성을 부여하는 아이템을 사용해, 스킬 제한이 있다고 생각할 수 없을 만큼 순조롭게 보스의 HP를 깎는다.

"올라타자!"

"좋아, 공격 타임!"

두 사람은 무기와 스킬에서 불꽃을 뿌리면서 다시 등의 가시를 잃고 뒤집혀 버둥대는 보스를 공격해, 마침내 HP가 20% 이하로 떨어졌다.

하지만 한 번 더 공격하려던 시점에 보스는 다시 땅속으로 파고들어가 버렸다.

"우선 대피, 대피!"

"그러자. 또 움직임이 바뀔 것 같으니까 조심해."

두 사람은 얼음 기둥에 딱 달라붙어 다음 움직임을 관찰한다.

아까와 마찬가지로 지면에서 얼음 가시가 잇달아 튀어나오는 가운데, 이번에는 영역 가운데에서 고슴도치가 얼음 가시로 덮인 몸을 둥글게 말더니 고속으로 회전해 가시를 날렸다.

"역, 시!"

“【커버】!”
거대한 얼음이 들고 있던 방패에 부딪혀 소리를 내며 부서진다. 잇달아 날아오는 가시를 받아내는 것이 고작인 상태다.
“우웃, 엄청난 충격이야!”
“스치지 않게 확실하게 봐!”
불안정한 상태로 한동안 대포 같은 공격을 버티고 있자, 가시를 다 쏜 보스는 다시 스멀스멀 눈 속으로 돌아가려 한다.
그러나 그것을 놓칠 두 사람이 아니었다.
“이쪽도 원거리 공격이 특기라구!”
“귀찮으니까 이제 못 들어가게 할 거야!”
이번에 나온 지면의 가시는 사라질 기색이 없어서, 메이플은 사리에게 부탁해 몸을 고정한 채 무장을 전개하여 레이저와 총알을 퍼붓는다. 사리는 마법과 아이템을 사용해 메이플의 지원과 화력 보조를 한다.
불 속성으로 약점을 찌를 수 있었기 때문인지, 조금 남았던 보스의 HP가 순식간에 감소해 땅속에 파고들기 직전에 간신히 0으로 만들 수 있었다.
“해냈다!”
“응! 나이스 가드, 살았어.”
“아냐, 사리의 【얼음 기둥】 덕분이야. 이게 없었으면 금방 땅에서 나오는 가시에 당했을 거야.”
“후후, 역할 분담을 잘했지. 나도 메이플 덕분에 편하게 잡았고. 애초에 도중에 나오는 던전 부분도 건너뛰었을 테고……."

"아, 그러고 보니 7층은 그렇게 왔던가."

"다음부터는 안전을 확인한 다음 뛰어내려야지."

"아하하…… 나도 조심할게."

제7회 이벤트의 탑 던전도 앞으로 세 층만 남은 지점에서 두 사람은 일단 돌아가기로 했다.

아이템도 꽤 많이 썼고 메이플의 스킬과 【기계신】의 병기도 다 떨어졌다. 휴식하여 전투 능력을 원래대로 돌리는 김에 크롬 일행이 어느 정도 진행했는지 물어보자며 길드 홈으로 돌아갔다.

메이플과 사리가 5층의 길드 홈으로 돌아오자 때마침 크롬 일행도 공략에서 돌아와 쉬고 있던 참이었다. 메이플은 마침 잘됐다는 듯이 타다닥 뛰어 다가간다.

"오, 그쪽도 일단락됐어?"

"네! 스킬을 거의 다 써 버려서 오늘은 끝이에요."

"메이플이랑 사리는 어디까지 진행했어?"

"딱 7층이 끝난 참이에요!"

두 사람은 이즈가 추가로 내어준 음료를 받아들고 의자에 앉는다.
크롬 일행은 9층까지는 깼다고 했다.
"와—! 굉장해요!"
"응, 우리도 얼른 따라잡고 싶은걸."
"두 사람의 즐거움을 빼앗지 않게 언급은 피하겠지만, 10층 보스는 세다고—."
"우리는 거기서 지고 돌아왔어. 보스는 볼 수 있을 테니까, 조심하는 게 좋아. 빠르고 무거운 공격이었어."
그 말을 듣고 두 사람은 놀란다. 이 여섯 명이 졌다면 상당히 강력한 보스임은 쉽게 상상할 수 있다.
"메이플 씨랑 사리 씨도…… 힘내세요!"
"우리도 어떻게든 해치워 보일게요!"
"뭐, 맛보기라서 내 마도서도 아직 안 썼으니까. 공격이 다 채롭진 않은데 말이야. 메이플하고 사리도 이겨 줬으면 좋겠네."
여섯 명은 아직 시험해 보지 않은 아이템과 전술이 남아 있다고 말하지만, 그럼에도 상당한 강적일 거라고 입을 모아 말했다.
"……어, 엄청난 보스가 있구나. 왠지 긴장돼."
"메이플, 아직 일러. 우선 8층이랑 9층을 깨야지."
"그러네! 준비를 단단히 해서 가야겠다."
"모자란 아이템이 있으면 말하렴. 그리고 탑 중간에 입수한 소재로 만든 아이템도 있으니까, 나중에 원하는 게 있으면 가져가도 좋아."

"고마워요!"

"응, 고마워요. 역시 둘밖에 없으면 화력을 올리는 아이템을 팍팍 써 버려서……."

메이플의 화력은 기본적으로 고정이라서 STR에 기대지 않고 대미지를 낼 수 있지만, 반대로 말하면 그 이상 화력을 올리기 힘들다고도 할 수 있다.

보스가 세지면 사리의 화력이 중요해지는 것이다.

"이쪽에 딜러 셋이 있으니까 말이지. 하지만 오랜만에 회복의 감사함을 느꼈어."

"평소엔 메이플이 있으니까."

"우리는 마이와 유이 덕에 보스를 편하게 잡아서 다행이지."

"도움이 돼서 기뻐요!"

"이번에는 잘 맞힐 수 있었어요……."

활약할 수 있어서 기뻤는지 자매가 웃는 얼굴을 보인다. 메이플도 그걸 보고 새삼 길드에 들어오라고 하길 잘했다고 생각했다.

그 후 지금까지 공략하던 중에 고전했던 보스를 이야기하기 시작했다.

"그 책 보스는 힘들었지."

"그래, 내 칼의 스킬을 빼앗기기도 하고 크롬의 부활을 빼앗기기도 하고…….”

“마이와 유이의 공격력이 확 떨어지기도 했지.”

메이플 이외의 길드 멤버들도 강력한 스킬을 몇 개나 가지고 있다. 그런 스킬을 빼앗기면 전술이 붕괴하게 된다.

“아, 그거 힘들었어……. 난 스킬을 거의 빼앗겨서.”

“그래도 전부 튕겨내니까【헌신의 자애】를 떠넘기고 표적을 늘려서 이겼어.”

“여전히 무모하게 하고 있구나?”

카나데의 말에 메이플도 할 말이 있는지, 팔을 파닥대면서 말한다.

“그래도 사리가 내가【포식자】에 잡아먹히고 있는 사이에【기계신】공격을 피해서 해치웠는걸, 대단했어!”

“나도【헌신의 자애】없이 회피하는 보스전은 오랜만이어서 제법 즐거웠어.”

“【기계신】의 총격도 피할 수 있구나.”

“그것만큼은 아무도 흉내 못 내겠지.”

이렇게 이야기를 계속하는 동안 메이플과 사리가 멀쩡한 방법으로 공략한 층이 얼마 없다는 이야기가 나오고, 그런 말을 할 거면 여섯이서 공략할 때 보스가 쉽게 쓰러지는 것도 평범하지는 않다는 화제도 나왔다.

“이번 이벤트가 끝나면 또 다 함께 탐색하러 가고 싶네.”

“응, 그것도 좋은데. 그럼 제대로 10층까지 깨야지.”

“우리도 작전을 다시 짜서 클리어할 거다. 먼저 탑 밖에서 기다려 주지.”

“저희도 안 져요. 힘내서 따라잡을 거예요!”

이벤트가 끝나면 또 모두 함께 탐색하자는 약속을 하고, 그 뒤로도 이벤트 중에 일어난 이런저런 일로 이야기꽃을 피웠다.

막간 방어 특화와 염제의 나라.

미이와 【염제의 나라】의 4인조는 7층에 와서 눈보라가 휘몰아치는 절벽 정상에서 아래를 확인했다.

절벽 아래에도 똑같이 지면이 어떤지 확인할 수 없을 정도로 거친 눈보라가 치고 있었다.

“7층은 눈과 얼음인가. 여긴 미이가 활약할 것 같군.”

신은 이번에도 서브 딜러로 보조를 맡을까 하고 검을 뽑는다.

“절벽 아래로 가면 되는 모양이에요. 길은 별로 좋지 않지만요.”

“내가 선두에 설게……. 함정이 있을지도 모르니까…….”

“그래, 맡기마. 미저리, 회복을 잘 부탁하마.”

“네, 물론이에요.”

네 사람은 절벽 밑으로 가기 위해 절벽에서 아주 조금 튀어나온 발판을 타고 나아간다.

“어이쿠, 떨어지면 끝장이겠군.”

“기다려……. 아마 거기 뭔가 장치가 있을 것 같은데…….”

선두에 가던 마르크스가 조금 넓어진 발판을 가리킨다. 이대로 가면 틀림없이 그 위를 통과하게 되겠지.

"스킬이 봉인돼서…… 진짜로 있는지는 모르겠지만……."

평소라면 장비 스킬로 함정 위치를 파악할 수 있지만 7층은 장비 스킬이 봉인된다.

마르크스가 있다고 생각한 것뿐이지 근거는 없다. 그래도 세 사람은 그럴듯하다고 발을 멈춘다.

"마르크스가 있다고 생각한다면 있는 거겠지."

"그래, 나도 그렇게 생각한다."

"어떻게 할까요? 피해서 가기는 어려울 것 같습니다만."

"신, 공격해 봐……."

"응, 나한테 맡겨! 【붕검】."

그 목소리와 함께 신의 검이 몇 개나 되는 작은 칼이 되어 공중에 떠오르더니, 단숨에 가속하여 발판과 그 주위의 벽에 꽂힌다.

그러자 발판이 한순간 빛나고 거대한 얼음 가시가 튀어나왔다.

가시는 잠시 후 사라졌고, 마르크스는 이 틈에 지나가자고 손으로 신호를 보낸다.

마르크스를 따라가는 모양새로 그곳을 빠져나가 앞으로 나아간다. 그 뒤로도 마르크스는 함정을 샅샅이 간파했고, 그리고 나서 절벽 속으로 뚫려 있는 동굴에서 한숨 돌렸다.

"굉장하군……. 마르크스, 어떻게 아는 거야?"

"스킬은 못 쓸 텐데요."
"왜, 왠지 모르게……?"
자신 없는 듯이 말하지만 그의 기술은 진짜다. 함정을 간파하는 스킬이 없어도 경험과 직감이 함정을 놓치지 않는다.
"덕분에 살았다. 마르크스가 없었으면 우리는 지금쯤 절벽 밑으로 떨어졌을 거다."
"도중에는 내가 힘낼게. 그러니까 보스는 잘 부탁해……."
"맡겨 두어라. 얼음 보스라면 내 적수가 못 된다."
"응, 그럼 거기까지 데려가야지……."
네 사람은 휴식을 마치고 절벽 속 동굴 안으로 나아간다. 조금씩 내려가는 그 동굴은 천장에서 대량의 얼음 기둥이 달렸고 바닥이고 벽이고 꽁꽁 얼어붙어 있었다. 네 사람은 사람 두 명이 겨우 나란히 설 수 있을까 말까 한 동굴을 신중하게 탐색한다.
"미끄럽군. 정말 걷기 힘드네, 이거."
"읏…… 다들 준비해! 뭔가 와."
선두에 가던 마르크스가 그렇게 말하고 조금 뒤에 동굴 안쪽에서 대량의 하얀 박쥐가 날아온다.
"이 정도라면…… 어떠냐!"
박쥐가 얼음 브레스를 쏘기 전에, 공중을 나는 신의 검이 잇달아 박쥐를 꿰뚫는다.
좁은 동굴에서는 박쥐의 공격을 피하기 힘들지만 그것은 신의 검도 마찬가지다. 안쪽으로 쭉쭉 검을 날려 네 사람에게 도달하기 전에 모든 박쥐를 해치웠다.

"좋아, 오늘은 잘 풀리는군."

"우리가 뭘 할 필요도 없었네요."

"그렇군."

"너희 둘은 보스전에서 전력으로 싸워 줄 거잖아? 도중쯤은 내가 싸워야지."

그 후로도 몇 번인가 박쥐가 덮쳤지만 모두 신이 격추했다.

수직으로 된 굴을 밧줄을 써서 내려가, 더 아래로 이동한다.

그러자 얼어붙은 지면 곳곳에 구멍이 뚫린 공터가 나왔다.

"조금 트인 곳으로 나왔네요."

"지면이 구멍투성이다. 뭔가 있을지도 모른다."

"말하기가 무섭게 나왔어!"

지면의 구멍에서 작은 고슴도치 몇 마리가 모습을 드러내고, 그것들이 울음소리를 내자 이 광장의 입구와 출구가 얼음벽으로 막힌다.

"위에서 얼음 기둥이 떨어져요!"

"밑에서도 와!"

"【호염(豪炎)】!"

미이가 얼음 기둥과 고슴도치, 출구를 막고 있는 얼음벽까지 전부 녹이려 업화를 쏜다. 불꽃이 이 공간을 가득 메웠지만 특수한 얼음 기둥인지 전부 파괴할 수가 없다.
"크……!"
"【신의 숨결】! 【치유의 빛】."
미저리가 순식간에 범위 대미지 컷과 지속 회복 스킬, 그리고 HP 회복 스킬을 사용한다.
몇몇 얼음 기둥에 찔려 감소한 네 사람의 HP가 쭉쭉 회복된다.
불꽃이 잦아들고 얼음 기둥의 비와 지면에서 나오는 가시도 멎었을 때 네 사람은 아직 서 있었다.
"나이스! 살았어, 미저리!"
"고마워……."
"아직이에요! 원인을 없애야 해요!"
"또 나왔다. 다시 파고들게 하지 마라!"
미이와 신이 분담하여 얼굴을 내민 고슴도치를 쓰러뜨린다. 그리고 모든 고슴도치를 해치웠을 때 쨍 소리를 내며 출구를 막고 있던 얼음벽이 부서져 사라졌다.
"후우…… 체력은 낮았군."
"한순간 당황했지만, 미저리가 있으면 이 정도는 어떻게 되는군."
"난 기습하고는 상성이 안 좋으니까…… 살았어."
"감사합니다. 하지만 장비 스킬이 봉인되어서 회복량이 떨어졌어요. 평소보다 조심해서 싸워 주세요."

"충분하고도 남을 정도다. 하지만 알겠다. 조심하지."

그리고 네 사람은 동굴을 척척 내려가 절벽의 중간보다 아래 부근으로 나왔다.

눈보라는 상당히 잦아들어 보이지 않았던 지면도 잘 보이게 되었다.

"오, 엄청난 가시로군."

"그러네요. 이만큼 보이게 됐으니 조금만 더 가면 땅에 내려갈 수 있을 것 같아요."

"보스가 가까이 있을지도 모른다. 언제든 싸울 수 있도록 해 두자."

절벽을 내려가는 것도 이제 얼마 안 남았다. 그렇다면 보스전을 의식하기 시작해야 할 무렵이다.

함정이 많고 때로 공격하는 잡몹도 몇 번이나 튀어나왔지만, 그것들은 네 사람의 적수가 못 된다. 마르크스와 신을 중심으로 네 사람은 별문제 없이 절벽을 다 내려왔다.

"꽤 많이 내려왔군."

"그러네요. 도중에는 절벽 안에 있었으니 실감이 안 나지만요."

"몬스터도 적었고. 그런데 다음은 어느 쪽이야?"

"저쪽일까……?"

마르크스가 얼음 가시 틈새를 가리킨다. 일렬로 서면 틈새로 요리조리 지나갈 수 있을 것 같았다.

"응, 함정은 없는 것 같아."
"그럼 가자."
미이는 양손에 힘을 꽉 준다. 언제 보스와 마주치든 【염제】를 발동할 수 있게 마음의 준비를 한다.
그렇게 얼음 가시의 숲을 빠져나온 네 사람 앞에 광대한 설원이 확 펼쳐진다. 그리고 각자가 무기를 드는 와중에, 등에 날카로운 얼음 가시가 달린 고슴도치가 나타났다.
"보스다, 미이!"
"도중에 만났던 몬스터가 커진 것 같네요!"
"【염제】!"
보스와 대치한 순간 미이가 펼친 손바닥 앞에 불타오르는 화염구가 생성된다. 불이 눈보라를 날리며 설원을 비춘다.
"다들, 준비는 됐겠지! 간다!"
이리하여 미이의 목소리와 함께 싸움의 포문이 열렸다.

고슴도치는 몸을 둥글게 말고 눈뭉치가 되더니, 몸 표면에서 얼음 가시를 대량으로 뻗고 무시무시한 속도로 굴러온다.
마르크스가 순식간에 원격으로 함정을 설치해 돌진을 막으려고 했지만, 지면에서 뻗은 두꺼운 덩굴과 바위벽은 얼음 가시에 갈가리 찢겨서 보스의 속도가 전혀 줄어들지 않는다.
"【호염】!"
미이의 몸에서 대량의 불꽃이 쏟아져 나와 전방에 업화가 휘몰아친다. 얼음과 눈으로 된 몸으로 버틸 수 있는 공격이 아니다.

그러나 보스는 속도를 늦추지 않고 그대로 업화를 꿰뚫고, 놀라는 미이의 어깨를 후볐다. HP가 확 감소했지만 즉시 미저리가 회복한다.

"괜찮으세요!?"

"……문제없다."

굴러간 보스를 보면서 MP 포션을 마셔 MP를 회복시킨다.

"대미지는 없나."

"아니, 통하기는 한 것 같아."

눈보라가 갠 곳에 있던 보스의 등쪽 가시 대부분이 사라져 있었다.

미이의 업화에 정면으로 뛰어들고도 무사할 리가 없어서, 단 한 번의 충격에 무기인 가시가 너덜너덜해져 있었다.

"저걸 다 녹이는 것부터 시작할까. 미저리, MP 회복을 부탁하마."

"알겠어요."

"【플레어 액셀】!"

미이는 발밑에서 불길을 뿜어내고 그대로 고속으로 재공격에 나선다. 그리고 보스가 또 돌진을 시작하기 전에 지척까지 다가간 미이는 마법사라고 생각할 수 없는 근접전을 개시한다.

양손으로 불꽃을 조종해 보스가 두르고 있는 나머지 가시를 다 녹여 버리고, 그대로 뛰어올라 상공에서 불꽃의 창을 몇 개나 쏘아낸다.

이 보스는 굴러다니는 동안에는 대미지를 안 받지만 돌진이 멈출 때의 한순간은 다르다. 보스의 HP가 무시무시한 기세로 확확 감소한다.

"미이, 돌진이 온다!"

"오냐!"

가시가 전부 부러진 보스는 구르려고 하다가 그대로 미끄러져 몸이 뒤집히고 커다란 빈틈을 노출한다.

"【MP 패서】!"

"【화염진】!"

미이는 미저리에게 MP를 양도받아 다시 큰 기술을 발동한다. 미이를 중심으로 붉은 마법진이 전개되고 불꽃이 지면을 타고 나간다.

범위에 있는 플레이어가 가하는 대미지를 증가시키고 화염 속성을 부여하는 스킬로 전원의 능력을 끌어올린다.

"흡!"

미이는 화염구 두 개로 보스의 몸을 불태우면서 공중에 또 불꽃 구슬을 생성해 뿜어낸다. 양쪽에서는 불꽃을 두른 검이 대량으로 날아들고 밑에서는 불타는 가시나무가 보스를 옭아맨다.

“【창염(蒼炎)】!”

마지막으로 미이가 보스에게 내민 손바닥에서 파랗게 빛나는 불꽃이 뿜어져 나와, 미이의 HP를 대가로 보스의 HP를 깎아낸다.

“불타 사라져라!”

끝으로 뒤집힌 보스의 등에서 파란 불꽃이 뿜어져 나와 지면을 돌아다니고, 보스의 HP 게이지가 0이 되었다.

보스가 빛이 되어 흩어지고, 잔불이 가라앉았을 때 신이 입을 열었다.

“이야…… 말 그대로 터무니없는 화력이군.”

“그러네…….”

“저는 회복에 전념할 수밖에 없었네요.”

“그래, 고맙다. 미저리가 없었다면 이렇게는 안 됐을 거다.”

미저리가 미이의 HP와 MP를 보충하는 스킬을 사용하지 않으면 이렇게까지 마구잡이로 큰 기술을 연타할 수 없다.

대가로 하는 HP나 MP가 먼저 바닥나 버리기 때문이다.

“다운 한 번에 잡을 수 있는 상대가 아니었을 텐데 말이야.”

“미이도 참 즐겁게 싸우던걸…… 평소보다 전력으로…….”

“그, 그랬는가?”

자신의 공격을 되돌아보는 미이 옆에서 신이 “나도 좀 더 공격력을 올려 볼까.” 하고 중얼거린다.

“역시 상성이 좋은 보스였네요.”

“그래. 다들, 아직 더 갈 수 있나?”

“물론. 이번에는 편하게 했으니까.”

“나도 괜찮아…….”

“저도 문제없습니다.”

“그럼 8층으로 가자.”

소모가 적은 미이 일행은 그대로 8층을 공략하러 가기로 했다. 미이는 MP 포션을 하나 더 비우면서 친구인 메이플이 어쩌고 있을지 상상한다.

“메이플은 순조롭게 공략하고 있을까……?”

메이플이 사리와 둘이서 공략한다는 이야기를 듣고 지지 않겠다며 네 명이서 공략에 나선 것이다. 지금까지의 보스를 돌이켜 보고, 메이플과 사리라면 둘이서라도 이기겠지 싶어 무심결에 웃음이 흘러나왔다.

“왜 그래 미이! 가는 거지—?”

“핫……! 아, 그래, 미안하다. 지금 가고말고!”

생각을 하느라 멈췄던 다리를 다시 움직여, 【염제의 나라】 멤버들과 8층으로 나아간다.

그러면서 탑 공략이 끝나면 메이플한테 놀러 갈까 생각했다.

“자, 8층의 경치는…… 어?”

“밀림……이네.”

여기저기 큰 나무와 수풀, 덩굴이 보이는 8층은 미이와는 상성이 좋다고도 나쁘다고도 할 수 있었다.

"우선 나무가 타는지 안 타는지 확인해야겠네요."

"안 탄다면 또 미이한테 전력으로 싸워 달라고 할까!"

"……7층만큼 전력으로 태우지는 않을 거다."

상성이 좋은 보스를 상대로 너무 신바람을 냈는지도 모르겠다고, 미이는 멋쩍어했다.

7장 방어 특화와 탑 8층.

다음 날, 메이플과 사리는 선언한 대로 준비를 마치고 마침내 8층에 발을 들이기로 했다.

"드디어 8층까지 왔네."

"어떤 느낌일까?"

"다른 팀한테는 굳이 안 물어봤으니까, 가 봐야 알겠지."

두 사람은 나란히 한 걸음 내디뎌 7층 마법진에서 8층으로 전이한다.

눈앞을 뒤덮었던 빛이 희미해지자, 밀림이 펼쳐져 있었다.

이벤트 때의 정글 영역을 생각나게 하는 그 장소에는 명확한 길이 없고 앞도 뒤도 똑같아 보이는 밀림이 펼쳐져 있을 뿐이다. 여기저기에 우거진 수풀이 있고 굵은 나무둥치를 기어가듯이 덩굴이 뻗어 있다. 높다란 나무 위에는 색색의 나무열매가 맺혀 있었다. 주위를 관찰해 보아도 나아가야 할 방향을 나타내는 것은 없다.

"으음…… 어느 쪽으로 가야 하지?"

"전이했을 때 보고 있던 방향……일까?"

두 사람 다 자신은 없었지만 이대로 오도카니 서 있어도 해결이 안 되니 우선 정면으로 걸어간다. 그 순간.

"왓!?"

"메이플!?"

메이플이 뒤에서 무언가에게 떠밀린 듯이 앞으로 넘어졌다.

그것을 본 사리는 확 뒤로 돌아 대거 두 자루를 뽑고 날카로운 눈초리로 나무들과 수풀을 응시했지만, 공격해 온 무언가나 함정 같은 것은 보이지 않는다.

"허, 【헌신의 자애】!"

그보다 조금 늦게 메이플이 사리를 지키기 위해 필드를 전개한다.

잠시 둘이서 등을 맞대고 주위를 경계했지만 공격은 다시 날아오지 않았다. 사리는 일단 대거를 집어넣고 한숨 돌린다.

"하아…… 메이플, 괜찮아?"

"응, 사리가 공격당하지 않아서 다행이야."

"음, 전혀 기척도 못 느꼈는데."

"함정 같은 걸까?"

"글쎄, 아직 뭐라 할 수 없지만. 8층에 있는 동안은 【헌신의 자애】를 부탁해도 될까?"

"응, 맡겨 둬! 꼭 지킬게!"

【헌신의 자애】만 발동하고 있으면 사리가 공격을 받아도 문제없다.

당연한 듯이 피하고 있어서 못 느끼지만, 사리는 어떤 공격이든 맞으면 그대로 죽을 만큼 HP가 적은 것이다.

"하지만 당하고 끝나는 건 싫으니까, 범인을 찾고 싶은걸."

"나도 경계하고 있을게!"

메이플은 그대로 무장을 전개해 언제든지 공격할 수 있게 준비를 갖추고 나아간다.

그러는 동안에 원숭이 몬스터가 폭발하는 나무열매를 던지기도 하고, 땅에서 뿌리가 울쑥불쑥 뻗어오기도 했지만 【헌신의 자애】를 전개한 메이플을 상대로는 무력했다.

"몬스터가 없으면 마음 편하게 탐색할 수 있는데 말이야."

"그러게. 게다가 뭐에게 공격당했는지 정체도 파악하지 못했고……."

사리도 평소보다 더욱 경계하고 있어서 마음이 편하지 않은 상태였다. 몬스터도 멀리서 공격해 왔다가 그늘로 숨어버려서 반격에 나설 수도 없었다.

"몬스터들이 다 금세 도망쳐 버리네."

"응. 경험치도 안 주고. 우웅, 때리지 못해서 아쉬워."

보스에게도 도착하지 않았기 때문에 스킬을 헛되이 쓸 수도 없다. 두 사람은 적의 공격을 무시하면서 보스방으로 보이는 장소를 찾는다.

그때 두 사람 앞에 초목에 침식된 오래된 비석이 보였다.

"아, 사리! 뭔가 있어."

"마법진도 없고, 보스방은 아닌 것 같은데……. 일단 보러 가 볼까."

두 사람이 다가가자 비석에 적힌 글씨가 보였다.

"교활한 숲의 주인을 쓰러뜨린 자 앞에 길이 나타나리라."

"보스를 말하는 걸까?"

"그렇겠지."

"그럼 잡아야, 앗!?"

이야기하는 도중에 갑자기 메이플이 앞으로 고꾸라져 비석에 얼굴을 강타한다.

누군가에게 뒤에서 공격당한 것이다.

사리가 잽싸게 그쪽을 보자 거대한 카멜레온이 나무에 달라붙어서 뻗었던 혀를 원래대로 돌리고는 투명해져 사라지고 있는 참이었다.

"저게……!"

"으엑, 뭐야? 뭐 있었어?"

"응, 아마 처음에 우리를 공격한 카멜레온일 거야. 그리고 이건 예상이지만. 이미 보스방 안인 것 같아. 아니, 필드를 보스가 돌아다닌다는 느낌?"

"그럼 쫓아가야 할까."

"아마도. 근데! 투명해졌으니까 찾기 어려울 것 같아……. 지금 그건 얼굴 보여주기 이벤트 같고."

나무가 이만큼 많으면 메이플의 원거리 공격도 효과가 떨어진다. 사리도 소리를 안 내고 돌아다니는 카멜레온의 공격은 완전히 정확하게 예측할 수 없기 때문에 평소처럼 속도를 살려서 정찰할 수도 없다.

"자, 술래잡기를 하러 갈까요."

"여러 가지를 시험해 봐야겠네! ……쿨."

그렇게 마음을 단단히 먹었을 때 메이플의 눈꺼풀이 슥 감기더니 그대로 비석에 스르륵 기대 잠들어 버렸다.

"……메이플? ……앗, 수면!"

대미지를 받으면 해제되지만 20초간 행동불능이 되는 강력한 상태이상.

아까 보이지 않는 공격에 수면을 부여하는 효과가 있었으리라.

그리고 기다렸다는 듯이 머리 위에서 폭발하는 나무열매가 대량으로 떨어져 터진다.

"아하, 진짜 교활……하구나. 【헌신의 자애】가 있어서 살았어……."

하지만 메이플은 이런 걸로 대미지를 받지 않기 때문에 수면도 해제되지 않는다.

"잠깐 기다릴 수밖에 없나."

사리는 기분 좋게 새근새근 잠든 메이플을 보면서 어떻게 카멜레온을 붙잡을지 궁리했다.

"음…… 우우, 어라?"

20초가 딱 지나고 메이플이 천천히 일어나 당황한 모습으로 주위를 확인한다.

"잘 잤어? 메이플이 자는 사이에 카멜레온이 공격하지는 않았어."

"그렇구나. 【헌신의 자애】도 안 없어졌고…… 다행이다."

"하지만…… 메이플이 당한 시간차로 수면을 거는 공격이랑 투명화 때문에 잡는 데 시간이 걸릴 것 같네."

"이즈 씨에게 받은 아이템을 써 볼까?"

지난번에 이즈에게 받은 아이템에는 일정 시간 수면 상태이상을 무효화하는 것도 있었다. 그러나 효과 시간이 짧고 받은 개수도 적다.

언제 공격당할지 모르는 상태에서 쓰는 것은 상책이 아니다.

"우선 접근할 수 있어야지. HP도 얼마나 되는지 모르고."

"그러네! 좋아, 힘내서 찾아야, 앗!?"

다시 이어진 불의의 공격으로 메이플의 등에 무언가가 부딪친다. 그러나 이번에는 메이플을 밀치는 것이 아니라 그대로 뒤쪽 공중으로 끌어올렸다.

"으에에에엑!?"

"잠깐, 그건 곤란, 해! 【초가속】!"

【웹 슈터】의 거미줄이 닿지 않을 정도로 확 멀어진 메이플을 따라잡기 위해 사리가 가속한다. 뒤에서는 나무뿌리가 닥쳐

오고 폭발하는 나무열매가 사리를 휩쓴다.

“위, 험해! 아슬아슬하게…… 살았다…….”

급속히 멀어지는【헌신의 자애】범위 내에 구르듯이 들어가 살아있다는 것에 안도의 한숨을 내쉰다.

“우우, 깜짝 놀랐어…….”

메이플은 자신을 끌어당겼던 무언가에게 내팽개쳐지듯이 해방되어 덜컹덜컹 소리를 내며 땅 위를 구른다.

사리도 메이플 근처까지 따라잡아서 이번에는 미리【웹 슈터】로 메이플과 일정 거리 이상 떨어지지 않도록 서로의 몸을 연결한다.

“구명줄을 연결하고……. 하아, 심장에 안 좋아…….”

“응, 언제 공격할지 모르니까…….”

“음, 매번 등 뒤로 돌아간다면 어느 정도 조준할 수도 있을 것 같은데.”

아직 공격받은 횟수도 세 번뿐이다. 등 뒤에서 공격하는 편이 유리한 건 당연한 소리라서 아직 결론은 내릴 수 없다.

“다음에 공격당하면 그쪽으로 쏴 볼게. 맞을지도 모르니까!”

“그래, 그렇게 해 주면 도움이 될 거야.”

기본적으로 두 사람 쪽에서 탐지할 수 없기 때문에 몬스터의 공격을 기다려서 후수를 둘 수밖에 없는 것이다.

그리고 두 사람은 한동안 그 자리에서 적이 나오기를 기다렸다.

"……좀처럼 오질 않네."
"긴장하고 있어도 소용없어. 어차피 알 수 없는걸."
"응, 그러으햐악!? 고, 【공격 개시】!"
말하는 사이에 반응이 있었는지 메이플이 정면을 향해 총알을 발사한다.
총알은 나무와 수풀을 마구잡이로 공격했지만 어디에서도 대미지 이펙트는 나타나지 않았다.
대신 나무 위에서 색색의 나무열매가 떨어져 내린 정도다.
"으에에…… 얼굴에 찰싹 달라붙었어."
메이플은 그렇게 말하고 두 손으로 얼굴을 박박 닦는다. 사리는 인벤토리에서 수건을 꺼내 메이플에게 건넸다.
"아마 시간이 지나면 떨어지겠지만, 괜히 기분 나쁘니까."
"으으, 고마워."
"공격은 명중하지 않았지만 뭔가 떨어졌으니까 확인하러 가보자."
"소재나 아이템일지도 모르니까! 아, 장비도 바꿀까……. 「구원의 손」으로 방패를 늘리는 게 좋을지도 몰라."
"응, 좋은데. 어디서 공격당할지 모르니까."
사리도 겨우 흰 손에 익숙해졌는지, 한순간 움찔하긴 했지만 곧바로 침착함을 되찾는다. 메이플의 얼굴도 깨끗해졌고 장비도 변경해서, 두 사람은 경계하면서 떨어진 나무열매 쪽으로 간다.

“소재?”

“아니, 8층 한정 아이템 같아. 세 종류가 있네.”

투명해진 몬스터를 인식할 수 있게 되는 대신 모습이 보이던 몬스터가 안 보이게 되는 것, 일정 시간 상태이상 무효 효과를 얻는 것, 10초간 카멜레온의 현재 위치를 파악할 수 있는 것 세 가지가 있었다.

이 아이템들의 효과는 동시에 발휘할 수 있는 듯하고, 조심해야 할 것은 효과 시간과 소지 수량이다. 투명화를 깨뜨리는 나무열매는 효과 중에 한 번 더 먹으면 효과가 해제되기 때문에, 이것을 잘 바꾸어가며 공격을 쳐내는 것이 열쇠다.

“오—! 이게 있으면 잡을 수 있어!”

“그러네. 양을 좀 모으고 싶으니까 숲속을 돌아볼까.”

“응, 그러자!”

때때로 카멜레온의 공격을 받았지만 나중에 제대로 잡기 위해서라며 그냥 넘기고 두 사람은 나무열매를 대량으로 모았다. 특히 위치를 파악하는 것을 중점적으로 모아서 공격할 수 있는 토대를 마련했다.

“좋아, 반격을 시작할까.”

“그럼, 간다!”

메이플은 열매를 한입 먹어 카멜레온의 위치를 파악했다.

그리고 사리를 꼭 끌어안고 【기계신】의 폭염과 함께 나무 사이를 날아간다.

메이플이 단숨에 거리를 좁히고 사리가 거미줄을 사용해 궤도를 세세하게 조정한다.

천천히 몰아넣는 수고스러운 짓을 하지 않고 곧바로 격파에 나선 것이다.

"사리! 오른쪽으로 꺾어!"

"오케이!"

억지로 공중에서 방향을 틀고, 메이플이 다시 병기를 폭파해 가속한다.

"가까워!"

"알았어!"

사리는 여기서 투명화를 깨는 열매를 먹고, 메이플에게서 거미줄을 떼서 나무를 뛰어 이동한다.

그에 대응해 카멜레온이 혀를 뻗지만 사리는 어렵지 않게 회피했다.

"보이기만 하면 별것 아냐!"

단숨에 【도약】으로 거리를 좁혀 그대로 카멜레온의 얼굴에서 꼬리까지 깊이 베고 바로 아래에 있는 메이플 쪽에 착지한다.

카멜레온은 한 번 모습을 드러내고 버둥버둥 몸부림친 뒤 나무를 슥 이동해 어딘가로 가 버렸다.

"사리! 카멜레온의 HP가 절반이 됐었어!"

"과연, 우리랑 정면 승부를 못 하는 상대라는 걸까."

"음. 앞으로 한 대만 더 치면 끝날지도 몰라."

"그럼 다시 찾아내야겠네."

하지만 당연히 완전히 똑같은 조건이 될 리가 없어서, 두 사람의 시야에 몇 마리나 되는 카멜레온의 분신이 모습을 나타내더니 스르륵 움직이기 시작한다.

변화가 있었다는 것만 보여주고 분신들은 스르륵 사라져 버렸다.

"전부 쓰러뜨려야 하는…… 걸까?"

"한 마리만 진짜인 종류일지도."

"으, 알아보는 방법이 있을까……."

"HP 게이지가 표시된다면 좋겠다 싶은 정도. 뭐, 그런 일은 없겠지만……."

지금부터도 힘들겠다며 두 사람은 기합을 다시 넣고 방침을 정한다.

"우선 숫자를 줄이자."

"오케이! 시험해 볼게."

두 사람은 투명화를 깨는 열매의 효과로 카멜레온이 보이게 했다. 그리고 메이플은 근처에 있었던 카멜레온들을 향해 대량의 총알을 발사하려 했다.

그러나 카멜레온들은 알아차린 듯이 나무 뒤로 후다닥 숨는다.

"음, 안 되나."

"완전히 숨는구나. 이건 범위 공격이 아니면 안 되려나."

공격이 멎으면 또 몇 마리가 스르르 나타나 멀리서 공격해 온다.

"우왓, 이번에는 독을 쐈어."

"메이플에게 보호를 받는 동안에는 안 통하니까 괜찮다고 쳐도……. 역시 움직이기 불편하고, 지면에 독이 남는 건 성가시네."

"한 마리씩 조금 전처럼 잡을 수밖에 없을까?"

"고생이 심하겠지만. 그것보다 본체를 찾는 게 더 시간이 걸릴 것 같으니까 어쩔 수 없겠구나."

"그렇구나……. 범위 공격…… 앗!"

"왜 그래?"

"【패럴라이즈 샤우트】는 어떨까?"

메이플의 스킬 중 하나로 광범위하게 마비를 거는 강력한 스킬이다.

"내성이 없을지도 모르니까…… 응, 해 볼 가치는 있을 것 같아!"

"그럼 조금이라도 많이 있는 쪽에……. 사리, 붙잡아!"

메이플은 사리를 꽉 끌어안고 조금 전과 똑같이 폭염을 남기고 하늘로 날아오른다. 그리고 카멜레온 세 마리가 있는 곳까지 와서 스킬을 발동한다.

"【패럴라이즈 샤우트】!"

전기가 터지는 듯한 이펙트가 발생하고 세 마리 중 두 마리가 땅에 털썩 떨어진다.

두 사람은 그것을 놓치지 않고 마법과 총알로 확실하게 숨통을 끊었다.

그러자 평소처럼 빛이 되어 사라지지 않고 모습이 흔들리더니 희미해지면서 사라졌다.

"이런 느낌이라면 본체가 있는 종류일 거야."

"으음, 반드시 통하지는 않는 것 같아."

"충분해. 이거라면 상당히 편해지려나."

"에헤헤, 도움이 돼서 다행이다!"

"응, 살았어."

카멜레온을 두 마리 해치웠지만 숲의 모습에는 특별한 변화가 없다. 사리가 예상한 대로 본체를 쓰러뜨릴 수밖에 없는 모양이었다.

"좋아! 다음이네! 우왓!?"

"메이플!?"

메이플이 결의를 다지는데, 정면에서 투명한 무언가가 세차게 부딪쳐 메이플이 날아간다.

거미줄로 연결되어 있던 사리도 그대로 뒤쪽으로 확 날아간다. 둘 다 투명화를 간파하는 열매를 먹었기 때문에 원래는 보였던 공격이 보이지 않았던 것이다.

"우우…… 진짜! 정말 놀랐단 말이야……."

"빠, 빨리 8층에서 나가고 싶은걸……."

보이지 않는 공격은 아무래도 익숙해지지 않는다.

특히 평소에는 공격을 받는 일이 없는 사리는 더했다.

하지만 눈에 띄는 카멜레온을 닥치는 대로 해치우면 될 뿐이라 하는 일은 단순명쾌했다.

"【패럴라이즈 샤우트】가 통하는 걸 보면 이즈 씨한테 받은 마비 아이템도 쓸 수 있을 것 같으니까 내가 뿌릴게. 메이플은 나는 데 집중해."

【패럴라이즈 샤우트】는 보통 메이플의 MP로는 발동할 수 없다. MP를 대신해 주는 스킬 슬롯의 효과를 1회분 소비한 것이다.

그것은 그대로 【히드라】를 쏘는 횟수에 영향을 주고 만다.

"이번에 탑을 끝까지 오르고 싶으니까! 절약해야지, 절약."

"응, 하지만…… 경우에 따라서는 10층에 가기 전에 또 준비가 필요하려나."

"아, 그런가. 10층 보스는 엄청 세다고 그랬지."

"지고 싶지 않으니까 말이야."

"그럼, 8층은 후다닥 지나가자!"

조금 전처럼 메이플이 포격으로 가속하고 사리가 나무를 피하는 등의 세세한 조정을 담당한다.

사리는 정기적으로 카멜레온의 위치를 파악하는 열매를 먹고 메이플을 유도한다.

카멜레온도 느리지 않지만, 메이플과 사리의 기동력이 더 높기 때문에 한번 움직여 버리면 공격은 두 사람에게 좀처럼 맞지 않는다.

카멜레온의 분신 숫자가 쭉쭉 줄어들고 열매로 확인할 수 있는 아이콘도 순조롭게 줄어들어 열 마리가 남았다.

하지만.

"저, 전혀 진짜가 없어."

"진짜는 어딨지……. 앗, 메이플! 오른쪽, 오른쪽!"

"엑, 어디, 어디!?"

10초 동안 카멜레온의 위치를 알 수 있는 효과를 얻은 사리에게는 아무것도 없는 장소에 아이콘이 뜬 것이 보였다.

사리는 인벤토리에서 투명화를 깨는 나무열매를 두 개 꺼내서 하나를 메이플의 입에 넣는다. 그러자 그곳에는 단 한 마리, 투명화 상태가 아닌 카멜레온이 있었다.

"틀림없이 저거야!"

"근데, 아이코, 도망친다!"

"나한테 맡겨, 따라잡을게!"

급하게 정지하지 못해서 메이플은 나무에 충돌해 억지로 착지했다.

사리는 거미줄을 슥 풀고 그대로 카멜레온을 향해 간다.

"【초가속】! 놓치지 않겠, 어! 【도약】!"

혀를 써서 나뭇가지를 건너가려고 하는 카멜레온에게 뛰어들면서 대거를 확 찔러 넣자, 울음소리를 한 번 내고는 그대로 움직이지 않게 되더니 펑 소리를 내고 사라졌다.

"사, 사리—! 괜찮아—?"

메이플이 수풀을 버석버석 흔들며 다가오는 것과 동시에 나무들이 와삭와삭 흔들리고 마치 의사를 지닌 것처럼 이동하더니 숲에 길이 하나 생겨났다.

그 앞에는 빛의 기둥이 서 있다. 그 바로 아래에 마법진이 있음에 틀림없으리라.

"무사히 격파했어."

"역시—! 깜짝 놀랐지만…… 어떻게든 됐네."

"응, 메이플의 방어가 있었고, 이번에는 중간 공략이 없었으니까."

"그럼 얼른 다음으로 가자!"

"응, 그러자."

두 사람은 그대로 마법진으로 가서 나란히 발을 내디뎌 전이했다.

8장 방어 특화와 탑 9층.

다음 보스, 그리고 중간 길이 어떤 느낌일지 생각하던 두 사람을 맞이한 것은 별이 가득한 하늘이었다.

한 가지 곤란한 점이 있다면, 두 사람이 상공에 있어서 현재 진행형으로 낙하하고 있다는 것이었다.

"엥……?"

"어……?"

두 사람은 얼굴을 마주 본다. 이대로라면 까마득한 아래의 지상까지 일직선이다.

""에엑!?""

쭉쭉 가속하는 가운데 사리가 메이플에게 외친다.

"메이플, 시럽을 불러!"

"응, 알았어!"

메이플은 시럽을 불러내려 하지만 스킬이 발동하지 않는다. 마찬가지로 사리의 【웹 슈터】도 발동할 수 없었다.

"아, 아무것도 안 돼!"

"떨어질 수밖에 없는 거야……?"

두 사람은 어쩔 도리가 없다고 각오했지만 천천히 속도가 떨어지더니 공중에서 딱 멈췄다.

"떠 있어?"

"그런 것 같네."

다시 침착함을 되찾고 주위를 둘러보니, 별 모양 발판 몇 개가 똑같이 떠서 반짝반짝 빛나고 있었다.

두 사람의 몸도 똑같이 빛나고 있고, 떠 있을 수 있는 것은 이 빛을 띠고 있기 때문이었다.

"이것 봐, 메이플. 버프가 걸려 있어. 【별의 힘】이래. 2분밖에 안 가는 것 같지만……. 저 별 모양 발판 위에 20초 있으면 다시 걸 수 있어."

【별의 힘】

효과 시간 2분. 효과 시간 중에 플레이어는 공중에 뜰 수 있게 된다.

9층 내의 별 모양 발판에 20초 있으면 다시 걸 수 있다.

"떨어지지 않게 쉬어야 한다는 말이네!"

"스킬도 발동할 수 있게 된 걸 보면, 여기서부터가 진짜 전투 필드일까."

"다행이야. 시럽도 이번에야말로 잘 부탁해."

메이플은 시럽을 거대화시켜 자유롭게 이동할 수 있는 이점을 얻는다.

사리라면 시럽을 가까이 오게 하면 거미줄을 날려서 긴급대피를 할 수도 있으리라.

그리고 두 사람이 준비하길 기다렸다는 듯이 하늘의 모습이 바뀐다. 하늘에서 하얗게 빛나는 별이 천천히 떨어져 내려와 두 사람의 조금 앞에 정지한다. 경계하면서 지켜보는 두 사람 앞에서 터지더니 하얀빛이 하늘에 넘쳐흘러 작은 별로 된 길을 만들어 간다. 위로 올라가거나, 내려가거나, 징검다리처럼 되기도 하며, 도중에 【별의 힘】을 다시 걸 수 있는 별 모양 발판을 경유하면서 다양한 루트가 두 사람 앞에 뻗어 나간다.

"오, 이 위는 걸을 수 있나 봐."

"안 떠 있어도 괜찮아?"

"지금은. 【별의 힘】 효과가 끊겼을 때 떨어지면 안 되니까 근처에 시럽을 띄워 놔."

"알았어!"

두 사람은 우선 【별의 힘】이 끊겼을 때 이 발판에서 떨어지지 않는지 확인해 보았다.

잠시 후 효과가 끊기자 발밑의 빛나는 길을 통과해 떨어지기 시작했다.

"영, 차!"

사리는 시럽에 거미줄을 연결해 돌아왔다. 아무래도 【별의 힘】이 끊긴 상태에서는 이 길을 가지 못하는 모양이다.

두 사람은 가까이 있는 별 모양 발판까지 돌아가 【별의 힘】을 도로 걸고 다시 눈앞의 길을 본다.

"발판을 잘 경유할 수 있는 곳으로 지나가야 하는 것 같은데……."

"길 위로 안 가도 【별의 힘】이 있으면 뜰 수 있지?"

"음, 좀 더 기다려 봐도 돼?"

"좋아. 이 발판 위에선 안 떨어지니까!"

두 사람이 시작 지점에서 한동안 기다리자 안쪽에서 빛나는 별이 거센 물살처럼 밀어닥쳐 빛의 길을 삼켜버리고 눈앞에서 사라졌다.

그리고 잠시 후 다시 하늘에서 별이 쏟아져 길이 생긴다.

"시간제한?"

"그러네. 【별의 힘】으로 날 때는 속도가 느리니까…… 아마 그렇게 해서는 못 가지 않을까."

시럽으로 비행해도 시간이 부족할 거라고 사리는 예상했다. 하지만 두 사람에게는 더 빠르게 하늘로 이동할 수단이 있다.

"날아갈까?"

"에헤헤, 들켰어?"

"괜찮지 않을까. 【별의 힘】 덕분에 공중 제어도 할 수 있고."

길 따위는 아랑곳하지 않고 하늘로 가기로 한 두 사람은 만약을 위해서 다음 주기를 기다려, 폭연을 남기고 하늘로 날아 올랐다.

"……! 길이 상당히 멀리까지 뻗어 있네."

"읏…… 폭발하는 양이 버틸까."

【기계신】으로 만들어낸 병기는 유한하다. 계속 파괴하면 없어지고 만다.

메이플은 공중에서 다시 병기를 폭발시키고 다시 한번 가속해서 날아간다.

도중에 경계를 담당하던 사리가 무언가를 알아차렸다.

"메이플! 위에서 별이 떨어져!"

"【헌신의 자애】가 있어서 괜찮아!"

그렇게 말하고 메이플은 【피어스 가드】를 발동해 불꽃과 연기로 꼬리를 끌며 별이 쏟아지는 하늘을 빠져나가려 했지만, 별 하나가 직격하면서 넉백이 메이플을 빛나는 길로 내동댕이친다.

"윽……."

"가까이 있는 별 발판에 올라가! 제어용으로 【별의 힘】을 다시 걸고 싶어."

다음에 맞을 것 같으면 자신이 브레이크를 걸어서 잘 피하겠다고 사리가 메이플에게 제안해서, 두 사람은 【별의 힘】 버프를 걸고 다시 하늘로 날아오른다.

아래쪽의 빛나는 길에는 방해용으로 보이는 트랩이 몇 개쯤 보이지만 상관없었다.

위에서 오는 별은 사리가 타이밍을 재서 메이플을 급정지시켜 피하면서, 두 사람은 제한시간을 많이 남기고 골인할 수 있었다.

목표지점에는 별과 달을 공들여 새긴 빛나는 문이 있었다. 문은 별하늘 속에 덩그러니 존재하고 있어서 뒤쪽도 볼 수 있었다. 두 사람은 이 문을 열면 어딘가 다른 장소로 이어진다는 것을 직감했다.

"가자가자! 이 문도 사라져 버릴지도 모르잖아!"

"응, 되돌아가면 귀찮으니까."

두 사람은 자칫 시간이 끝나버리지 않도록 문을 열고 앞으로 나아간다.

문을 넘어가자 등 뒤의 문이 사라지고, 눈앞에 수많은 별 모양 발판이 원형으로 배치된 하늘이 펼쳐진다.

"뭔가 와."

"응, 괜찮아."

별이 빛나는 밤하늘에서 둘이서 같이 껴안아도 모자랄 만큼 굵고 검은 원기둥이 내려오더니, 거기서 갈고리발톱이 달린 10미터는 되는 긴 팔 두 개가 나왔다.

하늘과의 연결이 뚝 끊기더니 얼굴로 여겨지는 부분에 눈 같은 빛이 두 개 켜지고 그 아래가 찢어져 크게 포효를 질렀다.

확연하게 잡몹이라고는 생각할 수 없는 외모여서 두 사람에게 긴장감이 흐른다.

"보스?"

"아마도!"

8층처럼 보스 자체에 특수한 기믹이 있는 건 아닌 모양인지 머리 위에 HP 게이지가 표시된다. 본격적인 전투가 될 듯한 예감에 두 사람은 무기를 들었다.

"선수필승!"

"똑바로 보스까지!"

8층과는 달리 눈앞을 가로막는 것은 없다. 메이플은 【별의 힘】 따위는 필요 없다는 듯이 자폭해서 사리를 데리고 보스의 눈앞까지 날아가려 했다.

그러나 보스가 눈감아줄 리가 없어서, 메이플을 향해 팔을 옆으로 휘두른다.

"영차, 얍!"

메이플은 몸을 꺾고 【악식】이 붙은 방패로 그 팔을 받아내 대미지를 주었지만 그대로 옆으로 날려갔다.

"넉백이 붙어 있어!"

"방어 관통이 아니면 괜찮아!"

거리는 그다지 좁히지 못했지만 대미지가 없다는 데 안심하고 자세를 바로잡는다.

"그럼 【전 무장 전개】! 【공격 개시】!"

"앗, 기다려!"
"어?"
메이플이 충격을 개시했을 때 두 사람의 몸에서 빛이 훅 사라지더니 지면을 향해 떨어지기 시작했다.
"나한테 맡겨!"
사리는 메이플과 연결된 거미줄을 당기고는 스테이터스를 저하시켜서 발밑에 투명한 발판을 만들었다. 그리고 그 발판을 탁탁 뛰어 옮겨가 가까이 있는 별 모양 발판에 뛰어올랐다.
"후우…… 추락이 즉사 설정이면 메이플도 못 버티니까. 조심해."
"으, 응. 그러고 보니 2분이었지."
"다음 게 온다!"
"어어어, 아! 【헤비 보디】!"
【STR】이 【VIT】 이하라서 움직이지 못하게 되지만, 그 대신 1분간 넉백을 무효화한다.
이것만 쓰면 강제로 날려가지 않고 【헌신의 자애】로 방어할 수 있다.
"훌륭한 대응이야!"
"에헤헤, 모처럼 미이가 가르쳐 줬는걸! 잘 써야지!"
"섣불리 건드려서 이상한 행동이 나와도 곤란하니까 상태를 볼까. 시럽을 더 가까이 붙여 놔."
"오케이!"

"메이플이 괜찮을 것 같으면 나는 따로 공격하러 갈까. 이런 공격은 피할 수 있고, 날 노리게 하는 편이 나을 것 같아."

8층에 이어서 바로 공략하고 있기 때문에 아낌없이 폭파한 메이플의 병기가 별로 남지 않았다. 그래서 떨어졌을 때 대응하기 위해 병기는 온존해 두고, 실과 공중보행이 있는 사리가 메인으로 공격하게 되었다.

"조심해!"

"응, 메이플이야말로 떨어지지 마?"

"노, 노력할게!"

사리는 메이플에게 연결했던 실을 떼고는 공중으로 슥 날아올라 이동 감각을 확인한다. 공중 이동 속도가 그렇게 빠르지 않아서 공격을 확실하게 읽어내야 했다.

"내가 끌어오면 메이플의 【히드라】도 맞힐 수 있을 거야……. 오보로! 【각성】!"

사리는 오보로를 불러내 어깨에 태우고 그대로 보스를 향해 간다.

"표적이 이만큼 크면…… 【윈드 커터】!"

메이플에게 쏠린 어그로를 자신에게 돌리기 위해 제일 먼저 마법을 쏜다. 그것은 확실하게 보스에게 명중해 아주 약간 HP를 깎는다.

그와 동시에 보스의 몸이 움직이고 사리 쪽으로 검은 칼날이 날아온다.

"어차…… 동일 종류의 카운터인가."

물론 그 정도 공격이 사리에게 맞을 리 없어서 유유히 회피한다. 사리는 몇 번 마법을 쏘아 카운터라는 것을 확신한다.

그와 동시에 메이플에게 안이하게 공격시킬 수 없게 되었다고 느꼈다.

"공격을 그대로 흉내 내! 넉백도 붙어 있을지 모르니까 쏘는 타이밍은 생각해서 해!"

"알았어!"

사리의 【검무】도 8층에서 회피할 만한 일이 거의 없었기 때문에 아직 효과가 약하다. 보스의 HP가 많고, HP 감소치를 보면 방어력도 상당한 수준이라는 것을 알 수 있었다.

메이플도 공격에 나설 필요가 있다는 것은 본인이 가장 잘 알고 있었다.

"발판이 없는 건 곤란하고…… 으음, 맞다!"

다음 공격까지 묘안이 떠오르지 않을까 생각하던 메이플이 뭔가 생각났다는 듯 손을 탁 마주쳤다.

메이플이 뭔가를 생각하고 있는 사이에도 사리는 보스의 HP를 슬금슬금 줄여 간다.

근거리에서 공격하면 이에 반응해 검은 몸에서 가시 같은 것이 튀어나와 카운터를 날리지만, 사리의 【검무】 버프를 강화해 줄 뿐이다.

"그런데 HP가 많네……. 너무 파고들면 아무래도 피할 수 없으니…… 얍!"

옆으로 휘두른 팔을 둥실 떠올라 피하고 근처에 있는 발판에 착지한다.

"후우…… 응?"

다음은 어디서부터 공격할까 생각하고 있는데 보스를 사이에 두고 맞은편에 시럽의 모습이 보였다.

"우와, 저게 뭐야."

시럽의 몸에서 지면으로 흰 기둥을 생기고, 그 위에서 메이플이 옥좌에 앉아 있었다. 양쪽에서는 메이플에게 딱 달라붙듯 방패가 떠 있고 가운데에는 「어둠의 모조품」이 정면을 향하고 있다.

그리고 그 틈새에서 커다란 포탑이 튀어나온 상태. 녹색 드레스를 입고 왕관을 쓴 메이플이 의기양양하게 보스를 쳐다보고 있었다.

"【공격 개시】, 【폴터가이스트】! 시럽 【정령포】!"

방패 사이의 포탑 네 개와 시럽의 입에서 레이저가 발사되어 보스의 몸을 불태운다. 메이플은 그대로 레이저를 뿌려 도망치려 하던 보스에게 추가타를 가한다. 당연히 발생한 카운터 공격은 천천히 하늘을 움직이는 메이플이 피할 수 없다.

메이플에게 검은 레이저 다섯 줄기가 덮쳐들어 포탑을 완전히 부순다.

대미지는 없지만 얼마 안 남은 무장이 또 부서지고 말았다.
"으음……. 【폴터가이스트】는 별로 의미가 없나……. 원본이 부서져 버려서야."
메이플은 【폴터가이스트】로 레이저를 조종하면 표적을 빗맞혀서 병기를 낭비하는 일이 줄어들 거라 생각했지만 잘되지는 않은 듯했다. 메이플은 다시 공격 대상이 사리에게 옮겨갔을 때 이러면 넉백을 걱정 안 해도 된다는 듯이 다가가서 옥좌에서 일어나 「어둠의 모조품」을 내리쳤다.
붉은 대미지 이펙트가 튀고 카운터가 날아왔지만 다시 사용할 수 있게 된 【헤비 보디】로 받아낸다.
그리고 그대로 시럽을 움직이게 해서 멀어진다.
"이러면 움직일 수 없어도 괜찮아!"
"대담한 공격을 다 하네—!"
아래쪽에서 발판을 통통 이동하면서 휘둘리는 손을 피하고 있던 사리가 말한다. 메이플은 조금 생각한 다음 시럽을 슥 이동시켜 사리 바로 위에 진을 쳤다.
"【헌신의 자애】라면 위아래도 지킬 수 있으니까—! 위에서 지켜줄게—!"
"좋은데! 고마워—!"
이러면 만약 사리가 공격을 받아도 메이플이 감싸줄 수 있다.
심지어 메이플은 재공격을 받지 않도록 방패 세 개와 옥좌에 사방이 둘러싸여 있고 대미지 컷과 회복까지 발동했다. 이제 이즈 특제 포션을 꺼내 다리 위에 놔두면 완벽한 방어태세가 완성된다.

"피어스 가드만 기억해 놔야지……. 그리고 명상!"

메이플도 사용할 수 있는 스킬이 많아져서 생각해야 할 일이 늘었다. 좀처럼 익숙해지지 않는다고 생각하면서 밑에서 여러 가지 스킬을 구사해 싸우는 사리의 전투 소리를 듣는다.

"으음, 앉아 있는 동안에는 공격 스킬을 거의 못 쓰는데…… 에잇!"

메이플은 방패 틈새로 이즈에게 받은 마비 부여 아이템을 던진다.

맞아서 날려가도 상관없다는 자세로 아슬아슬할 때까지 접근했기 때문에 빗나갈 일도 없어서, 펑펑 소리를 내며 노란 이펙트가 터진다.

"통할 것 같아! 그럼…… 얍!"

메이플은 인벤토리에서 똑같은 물건을 잔뜩 꺼내더니 거대한 팔에 옆과 위에서 얻어맞으면서도 아이템을 던진다.

하나하나는 보스에게 효과가 적지만, 견제도 공격도 무시하고 계속해서 던지면 이야기가 다르다.

"좋아―! 마비가 걸렸어!"

"고마워, 이거라면 단숨에 공격할 수 있어!"

사리는 공격 기회를 놓치지 않고 도핑 시드를 사용해 【STR】

을 올리고, 마비로 카운터가 날아오지 않는 틈에 단숨에 HP를 깎아낸다.

이렇게 해서 HP가 마침내 70퍼센트까지 떨어졌을 때 마비가 풀리고, 느릿느릿하게 움직이던 보스가 크게 포효한다.

"조금 내려갈게!"

"알았어. 따라갈게!"

공중의 메이플과 축을 맞추며 떠올라 떨어진 장소에 있는 발판에 착지한다.

보스의 포효는 멎지 않고 하늘에 변화가 찾아온다.

불꽃으로 꼬리를 끌며 하늘에서 유성이 몇 개 떨어진다. 유성은 별 모양 발판에 직격해 발판을 여기저기 부쉈다.

"으엑……. 나쁜 짓을 하네……."

"어떡할래, 사리? 탈래?"

메이플이 고도를 슥 내려 시럽을 가까이에 세운다.

"저쪽에 발판이 조금 많으니까 거기까지 데려가 줘. 메이플 옆은 안전하니까."

"오케이! 그럼 공격받지 않을 때 빨리빨리!"

"응, 그런데 꽤 튼튼하네……. 제법 깎았다고 생각했는데."

"그러게—."

두 사람은 포효가 끝나기 전에 서둘러 반대쪽으로 돌아간다.

"또 위에 있을게—."

"응, 부탁해."

메이플은 사리를 발판에 내려주고 그대로 천천히 고도를 올렸다.
포효를 끝내고 갈고리발톱을 내미는 보스의 공격을 슥 피하고 스쳐 지나가며 팔을 벤다.
"카운터 공격이 늘어났어……!"
사리는 뒤에서 기척을 느끼자마자 앞으로 쭉 가속한다.
그 직후 사리 뒤에서 공간을 찢고 검은 가시가 튀어나왔다.
"눈에 보이니 친절하다……고 해야 하나. 뭐, 이거라면 피할 수 있어!"
사리는 그대로 보스 근처까지 가서 대거로 공격하기 시작했다.
이에 보스 주위에 커다란 마법진이 몇 개나 전개된다. 그중 하나는 사리 바로 밑에 있었다.
"범위가 넓어……!"
"괜찮아! 그대로 공격해!"
어떻게든 발동하기 전에 도망치려 하는 사리에게 상공에서 목소리가 들린다.
【피어스 가드】를 언제든지 쓸 수 있도록 준비하면서 앞으로 나온 사리를 【헌신의 자애】 범위 안에 다시 넣는다.
"나이스! 이거라면……."
각각의 마법진에서 검은 격류가 하늘을 향해 치솟는다. 강력한 공격임에는 틀림없지만 【피어스 가드】로 관통 공격을 무효화한 메이플을 다치게 할 수 있는 공격은 없는 거나 마찬가지다.

사리는 방어를 메이플에게 맡기고 검은 격류에서 튀어나와 그대로 몸을 굽히며 대거를 휘두른다.

"좋아!"

카운터를 슥 피하고 【검무】 버프를 강화해서 대미지를 가속시킨다.

적극적으로 앞으로 나가 공격을 되풀이하여 카운터 공격을 유도하고, 그것을 전부 자신의 힘으로 바꾸어 나간다.

잘 버티는 두 사람에게 치솟는 격류는 반가운 행동이다.

커다란 빈틈을 제대로 찔러 연격을 퍼붓고 【별의 힘】 효과가 끊기기 전에 발판으로 철수한다.

"이쪽도…… 【공격 개시】! 시럽 【정령포】!"

메이플도 상공에서 다시 레이저를 쏘고 시럽에게도 공격을 시켜 대미지를 쌓는다. 당연히 카운터가 날아오지만 이번에는 방패를 움직여 병기가 부서지지 않도록 지킨다. 메이플 본인에게 공격이 직격하는 것이 훨씬 낫다.

"좋아, 팍팍 가자!"

메이플은 옥좌에서 일어나, 앉아 있는 동안 자신에게 걸렸던 스킬 봉인을 해제한다.

"【흘러나오는 혼돈】! 【히드라】!"

대미지 컷과 회복의 혜택을 받는 대신, 떨어졌던 공격 능력을 원래대로 돌린다. 독 덩어리와 괴물의 아가리가 보스에게 달려들어 HP 게이지를 줄인다.

"응, 제법 통했어! 어, 우와아앗!?"

메이플이 묵직한 공격을 하면 당연히 반격도 비슷하게 돌아온다.

몸에 배지 않은 행동은 곧바로 나오지 않는 법이라 【헤비 보디】를 사용하기 전에 검은 덩어리에 의해 상공으로 날려간다.

계속 시럽 위에 있었기 때문에 【별의 힘】 버프는 걸려 있지 않다.

"윽……!"

"영, 차! 위험하잖아."

"사리!"

【헌신의 자애】의 빛이 멀어져 가는 것을 알아차린 사리는 【초가속】을 사용해 한발 빠르게 메이플 쪽으로 가서 떨어지는 메이플을 잘 받아내 가까이 있는 발판에 내려놓는다.

"고마워. 살았어—."

"우선 시럽 위로 돌아가야겠네. 잠깐 내가 어그로를 끌 테니까 병기는 쓰지 말고 돌아가 있어."

"알았어!"

"좋아, 오보로 【그림자 분신】!"

어그로를 끌겠다는 말대로 오보로의 힘도 빌려서 더욱 거세게 공격한다.

사리의 몸이 다섯 개로 나뉘어 각각 보스에게 달려든다.
휘두르는 팔과 날아오는 검은 레이저, 뒤에서 오는 갑작스러운 공격도 확실하게 회피한다.
그리고 사리가 다시 대미지를 쌓아 메이플에게서 어그로가 사라졌을 때 메이플은 【별의 힘】으로 떠올라 시럽 쪽으로 돌아갔다.
"【헤비 보디】랑 【피어스 가드】랑, 【결정화】랑……. 우으, 나중에 사리에게 스킬을 잘 쓰는 요령을 물어봐야지……. 일단 지금은 【전 무장 전개】, 【공격 개시】!"
아직 세세한 스킬에 익숙해지지 못한 메이플은 자기는 이게 편하다는 듯이 보스에게 큰 기술을 퍼부었다.
보스가 대량의 HP를 가지고 있다 해도 카운터 공격과 범위 공격에 전부 대처하면 열세가 될 수밖에 없다.
사리의 【검무】 효과도 최대까지 올라가서 남은 건 팍팍 공격해서 격파하는 것뿐이다.
"앞으로…… 30퍼센트하고 조금!"
"【히드라】!"
되풀이되는 메이플의 공격과 사리의 상태이상 부여 공격에 마침내 독 상태가 되어 대미지가 찔끔찔끔 들어간다.
그리고 마침내 HP 게이지가 30퍼센트를 밑돌게 되었다.
"또 뭔가 변화가 있을 것 같아. 조심해!"
"응!"

두 사람이 대비하는 와중에 두 팔 밑에서 또 한 쌍의 팔이 흐물흐물 튀어나온다.

그리고 하늘에서는 검은 불꽃을 휘감은 유성이 잇달아 쏟아져 내렸다.

유성들은 정확하게 메이플과 사리를 향해 떨어진다.

"이번에는 우리를 노리는 것 같아!"

"방어는 나한테 맡겨—!"

메이플은 방패 두 개를 머리 위로 이동시켜 커다란 별을 받아낸다.

"으엑!?"

그러나 잘 막아서 부서진 유성에서 검은 불꽃이 내려와 메이플의 몸을 뒤덮는다. 대미지 자체는 없지만 그 불꽃은 메이플의 스킬 재사용 시간을 늘리는 듯했다. 주로 스킬로 공격하는 메이플이 맞아서는 안 되는 공격이다.

"미, 미안해 사리! 이거 맞으면 안 되는 공격 같아!"

"오케이! 앗, 이쪽도 대답할 여유가 없네!"

사리도 팔 네 개와 공격했을 때 날아오는 카운터를 전부 피할 수 있는 타이밍에만 접근할 수 있어서 화력이 떨어지는 마법으로 공격할 수밖에 없었다.

"흡! 역시, 크면, 세구나!"

그래도 틈을 보아 회피로 이행할 수 있는 타이밍에 대거를 휘두른다.

공격에 맞을 수는 없다.
유성은 사리가 대미지를 줘도 메이플에게 날아가는 모양이고, 메이플은 회피하는 게 고작이어서 사리의 머리 위에서 자리를 지킬 수 없었다.
"이건, 밑에서!"
바로 밑에 나타난 마법진에서 재빨리 탈출하고는, 보스의 몸을 베고 등 뒤로 빠져나간다.
그리고 【별의 힘】의 버프를 다시 걸려고 했을 때 포효가 울려 퍼지고 별 모양 발판을 검은 불꽃이 휩싼다.
"윽! 이런……."
"시럽 【대자연】!"
멀리서 목소리가 들리고 사리를 향해 거대한 덩굴이 뻗친다.
사리는 즉각 의도를 파악하고 뒤에서 덮쳐드는 팔을 피하면서 그 덩굴을 타고 달려 올라가 메이플에게 갔다.
"고마워, 살았어!"
"에헤헤, 천만에!"
사리의 HP로는 대미지를 받으면서 【별의 힘】의 버프를 다시 걸 수는 없다.
"지금 같은 느낌으로 【헤비 보디】 같은 것도 잘 써."
"지금은 사리를 보고 있어서 우연히 잘된 거야."
"발판이 원래대로 돌아갈 때까진 부탁할게."
"물론! 그럼 사리는 【힐】을 해 주면 고맙겠어."

“알았어. 이런 때밖에 안 쓰니까—.”

【헌신의 자애】 범위 내에 들어가면 메이플이 건재한 이상 사리에게는 위험이 없다.

그렇게 한동안 시럽 위에서 버티고 있자 발판이 원래대로 돌아갔다.

“또 소리 지르면 어떻게든 구할 테니까 공격해 줘! 【기계신】도 【히드라】도 이제 못 쏴.”

“맡겨 둬. 사실 저렇게 방어력이 높으면서 공격도 할 수 있는 게 이상할 정도니까 말이야.”

사리는 발판에 내려서더니 빛을 띠고 보스 쪽을 다시 본다.

“아직 10층도 남아 있어. 이 보스는 한 번에 잡고 싶어!”

다시 싸우고 싶은 상대는 아니라며, 사리는 힘을 주어 발판을 차고 공중으로 튀어나간다.

메이플이 바로 위에 있어 주기 때문에 적의 공격을 걱정하지 않고 대미지를 쌓을 수 있다.

움직임을 도중에 멈추지 못해서 반격을 피할 수 없는 연속공격 스킬도 얼마든지 사용할 수 있다.

“이게 위력은 더 세거든!”

움직임이 굼뜬 보스의 거체로는 양손의 대거로 가하는 연격을 피할 수 없다.

발판이 부서져도 대처할 수 있는 두 사람에게는 보스의 행동 변화가 치명적이지 않았다.

“【트리플 슬래시】!”

“【흘러나오는 혼돈】!”

마지막으로 두 사람의 공격이 꽂히고 보스의 HP가 0이 된다. 그러자 보스의 몸은 새하얗게 물들어 빛을 터뜨리면서 사라졌다.

메이플은 훽 내려와 사리를 시럽 위에 태운다.

“이제 10층만 남았어!”

“수고했어. 오늘은 여기까지 할까?”

“응, 엄청 세다니까…… 스킬을 회복하고 싶은걸.”

“그치, 그럼 한 방 돌파를 노리는 걸로!”

“응! 힘내자—!”

두 사람은 만반의 준비를 갖추고 최종 결전에 나섰다.

821이름:무명의 대검 유저
슬슬 끝낸 녀석이 나왔군
【집결의 성검】이 깼다는 얘긴 들었어

822이름:무명의 창 유저
우리는 지금 9층 공략 중이야
기믹 때문에 전위의 【AGI】를 올리는 장비를 확보해야
해서 일단 멈췄어

823이름:무명의 마법 유저
다들 공략 빠르네………… 난 아직 6층 보스야
그놈의 물량공세가 힘들어
좀만 더 하면 이길 수 있을 것 같은데

824이름:무명의 방패 유저
【집결의 성검】은 클리어했나
넷이서 한다고 들었는데 역시 대단하군
나는 10층 보스에서 막혔어
우리 메인 딜러의 공격을 피할 수 있는 상대는 역시 힘들어

825이름:무명의 활 유저
메이플네는 어디까지 간 것 같아?

826이름:무명의 방패 유저
메이플도 10층까지 온 것 같아
심지어 지금까지 몬스터한테 받은 대미지가 0이래

827이름:무명의 대검 유저
여전히 이상한 짓을 하고 있군

828이름:무명의 창 유저
관통 공격도 제법 있었을 텐데
이제 치고받는 것도 잘하게 된 건가

829이름:무명의 활 유저
메이플의 약점이 또 하나 사라지는 건가

830이름:무명의 방패 유저
지형 대미지는 받았다는 것 같지만
3층 용암에 정신이 팔린 사이에 발이 확 탔대

831이름:무명의 마법 유저
그런 부분은 안 변해서 안심했다

832이름:무명의 대검 유저
확실히 경치가 휙휙 바뀌어서 재미있는 탑이었지
메이플처럼 느긋하게 구경할 수 있는 방어력이 있으면 좀
더 찬찬히 즐길 수 있겠지

833이름:무명의 창 유저
지형이 탑의 MVP인가……

834이름:무명의 활 유저
보스 전원에게 방어 관통을 대거 탑재할 수도 없고
그렇게 해도 이기지는 못할 것 같지만

835이름:무명의 마법 유저
메이플을 잡으려면 눈앞에 아름다운 풍경을 준비하고 발밑이나 등 뒤에서 관통 공격을 먹일 수밖에 없겠군

836이름:무명의 창 유저
옆에 사리가 있으면 무리일 것 같아

837이름:무명의 방패 유저
둘이서 그 탑을 진행하는 것 자체가 꽤나 굉장한 일이야
보통 1층에서 만신창이가 되고 끝이지

838이름:무명의 활 유저
둘이 서로 부족한 부분을 메꾸고 있겠지
상황판단 같은 건 메이플은 아직 멀었을 것 같고
사리가 피할 수 없는 공격은 메이플이 범위 커버

839이름:무명의 대검 유저
메이플 혼자서는 6층은 못 깰 것 같고 말이야

그렇게 생각하면 아직 메이플도 못 하는 게 있군

840이름:무명의 마법 유저
뭐든지 할 수 있을 것 같지만 스킬도 특이하고
사실은 다들 할 수 있는 걸 못 하기도 하지

841이름:무명의 방패 유저
하지만 다음에 봤을 땐 어떻게 변했을지 몰라

842이름:무명의 창 유저
그거지

843이름:무명의 활 유저
필드에서 뭔가 잘 모르는 걸 봤을 때는
메이플인가 생각해 버려

844이름:무명의 대검 유저
뭔지 알아
근데 보스였고 그래

845이름:무명의 방패 유저
사람 모습이라고 단정할 수 없으니 말이지

846이름:무명의 마법 유저
그 둘이 10층을 공략하는 걸 응원해 둘까
새로운 스킬 같은 걸 입수할 수 있으면 좋겠군

847이름:무명의 대검 유저
10층은 빡세니까 말이야
―――――――――――――――――――――――――――――――――――

모르는 곳에서 응원을 받으며 메이플과 사리는 마침내 10층 공략에 나섰다.

9장 방어 특화와 탑 10층.

날을 다시 잡아 사리의 【매미 허물】과 메이플의 【기계신】 등의 스킬을 다시 쓸 수 있게 되었을 때 두 사람은 탑 앞에 섰다.

"오늘 공략 끝내 버리자!"

"물론. 게다가 이벤트 기간도 이제 조금밖에 안 남았고. 하루에 몇 번이나 싸울 수는 없으니까."

메이플의 스킬은 대부분 하루 사용 횟수가 제한된다.

강력한 몬스터와 여러 번 싸우기에는 안 맞는다.

"그럼 9층으로, 고—!"

두 사람은 9층으로 돌아가 위로 이어지는 마법진 앞에서 최종 확인을 한다. 사리의 화력을 담보하는 【검무】 버프도 최고까지 올라가 있다. 도핑 시드도 이즈에게 받아놓았고 횟수 제한이 있는 스킬도 전부 쓸 수 있는 상태다. 어떤 적이 기다리고 있을지 모르기에 이번에도 메이플의 【헌신의 자애】는 상대가 어떻게 나오는지 보고 쓰기로 했다.

두 사람은 마침내 10층으로 발을 내디딘다.

눈앞의 빛이 사그라지고 경치가 선명해진다.

그곳에는 지금까지의 던전이 아니라 빛이 내리쬐는 석조 홀이 두 사람 앞에 펼쳐졌다. 돔 형태의 천장을 가진 원형 필드뿐 어딘가로 이어지는 길은 없고, 중앙에는 빛을 받아 빛나는 은빛 중갑을 입은 자가 있었다. 투박한 갑옷에는 거의 장식이 없고 들고 있는 검도 특별한 모양이 아니다.

"어쩐지 평범한데……?"

"어떨려나. 하지만 우리 길드원 여섯 명이 못 이겼다니까."

풀페이스 헬름을 써서 표정은 읽을 수 없지만, 그것은 명확한 적의를 가지고 오래도록 쓴 듯한 철검을 뽑아 두 사람에게 겨눈다.

"온다."

"응!"

메이플이 방패를 들었을 때 보스가 쭉 가속해 단숨에 거리를 좁힌다.

메이플은 황급히 방패로 막았지만 보스는 그것을 피하고 측면에서 메이플을 벤다.

"와, 앗!"

"메이플!"

메이플은 요란한 소리를 내며 날아가 벽에 격돌해 흙먼지를 피워 올렸다.

사리가 HP를 확인할 새도 없이 보스는 사리를 베려고 든다.
"읏…… 흡!"
참격을 종이 한 장 차이로 피하고 카운터로 벤다.
그러나 보스도 검으로 튕겨내기 때문에 대미지가 거의 들어가지 않는다.
"큭……!"
사리는 질세라 검을 쳐내고 일단 거리를 벌리려 했다.
그러나 계속해서 거리를 좁히는 보스는 사리의 백스텝에 맞춰 다시 검을 휘두른다.
"【커버 무브】! 【커버】!"
그 타이밍에 메이플이 끼어든다. 【악식】이 검을 집어삼키고 그대로 몸을 후빈다.
"나이스!"
사리는 그 한순간에 메이플의 등 뒤에서 뛰쳐나와 보스의 옆구리를 대거로 베고 등 뒤로 빠져나간다.
그러나 보스는 상관없다는 듯이 메이플의 측면으로 돌아가 방패가 없는 방향에서 고속으로 연격을 펼친다.
"【전 무장 전개】! 【공격 개시】!"
메이플도 즉시 병기를 전개해 덮쳐드는 보스에게 반격한다.
보스의 HP가 팍팍 깎이지만 움직임은 멈추지 않는다.
어떻게든 저지하려고 사격하는 메이플의 눈앞에서 아주 잠깐 갑옷에서 불꽃이 뿜어져 나오고 모습이 홱 사라진다.

"어?"

"메이플! 뒤!"

사리의 목소리에 급히 뒤돌아본 메이플에게 대상단에서 내리친 검이 덮쳐들고, 순간적으로 내민 「어둠의 모조품」을 충격파와 함께 깔끔하게 두 동강 낸다.

그래도 공격은 그치지 않고 계속해서 올려베기, 내려베기, 찌르기의 3연격이 메이플의 병기를 파괴하고 마침내 메이플에게까지 닿아 HP를 확 감소시킨다.

그 감소량을 보니, 전부 직격했다면 살아있지 못했으리라는 것을 알 수 있었다.

"우웃……!"

"메이플, 이쪽으로…… 윽!"

사리가 잽싸게 거미줄을 날려 메이플을 억지로 끌어당겼다. 이어지는 공격이 허공을 가르고, 보스는 일단 검을 겨누고 두 사람의 모습을 살핀다.

"【힐】!"

"우우, 고마워……. 그런데, 대미지를 받고 말았어."

"대미지는 어쩔 수 없어. 하지만 한 방에 돌파하자!"

"응! 힘내자!"

"내가 일단 보스의 속도를 떨어뜨릴 테니까, 메이플은 공격을 받지 않도록 하고 있어!"

공수 양면으로 빈틈이 없는 이 보스에게는 사리가 반격할 틈이 거의 없다. 일대일로 싸우다가는 점점 불리해지고 만다. 메이플이 대미지를 잘 줘야만 한다.

사리는 자신이 먼저 보스에게 돌격해 거리를 좁히고 휘둘리는 검을 대거 두 자루로 받아 흘린다.

"오보로, 【각성】, 【유령불】! 【대해】! 【고대의 바다】!"

오보로에게서 파르스름한 불꽃이 쏘아져 나오고 사리에게서는 물이 넘쳐흘러 보스를 침식한다. 두 스킬 모두 상대의 【AGI】를 떨어뜨리는 효과가 있다. 【고대의 바다】로 생겨난 물고기들도 【AGI】를 떨어뜨리는 물을 주위에 뿌리는 효과가 있다.

움직임은 둔해졌지만, 그래도 간신히 대등하게 싸울 수 있을까 말까라고 사리는 분석했다.

"크!"

수평 후려치기를 웅크려서 피하고 자세가 무너졌을 때 보스의 3연격이 펼쳐진다.

사리는 눈을 부릅뜨고 회피하려 했지만 그대로 3연격이 몸을 베었다.

그러나 그 모습은 사라지고, 보스의 등 뒤에서 사리가 나타난다.

"【더블 슬래시】!"

만들어낸 빈틈을 놓치지 않고 위력이 있는 스킬로 공격을 먹인 다음, 사리는 메이플 쪽으로 물러난다.

“【신기루】를 안 썼으면…… 베였을 거야.”
“……저기, 【헌신의 자애】로 지켜줄게!”
“하지만 그러면.”
“괜찮아! 사실은 대미지를 안 받고 싶지만…… 이럴 때는 사리를 지켜야지! 그리고 이기고 싶은걸!”
“위험할 것 같으면 해제해도 돼.”
“오케이!”
메이플은 【헌신의 자애】와 【천왕의 옥좌】를 발동하고 사리에게 【고무】를 사용해 스테이터스를 올린다.
“행동 패턴이 바뀔 때까진 메이플의 스킬은 남겨놔야지.”
“힘내, 사리!”
“응, 맡겨 둬!”
사리는 다시 보스와 대치하고, 보스의 돌진에 맞춰 대거를 내민다. 피하려고 하지 않으면 공격은 가드당하지 않고 보스에게 닿는다.
사리는 회피를 버리고 조금이라도 많이 보스에게 대미지를 주기로 한 것이다.
“윽…… 으으으! 【명상】!”
그 대미지는 고스란히 메이플이 그대로 부담하는데, 【천왕의 옥좌】의 대미지 감소 효과가 있는데도 메이플의 HP를 30퍼센트 정도 날렸다.
메이플은 다시 회복 스킬과 포션을 사용해 HP를 채운다.

"부담을 지게 한 만큼, HP를 깎아 주겠어!"

아까는 한 발 물러섰지만 지금은 한 발 나서서 공격한다. 메이플이 직접 공격당하고 있는 것은 아니라서 포션과 회복이 제때 되고 있다.

대책 없이 정면에서 싸워서는 이길 수 없는 상대지만 이렇게 하면 대미지를 줄 수 있다.

"【트리플 슬래시】!"

보스의 3연격이 사리의 몸을 베고, 사리의 연격이 보스에게서 격하게 대미지 이펙트를 흩뿌린다.

"이쪽은 무리하고 있는데, 겨우 20퍼센트야!?"

"난 괜찮아! 이즈 씨의 포션이 아직 많이 있어!"

"크…… 움직임은 단순한데!"

심플한 연타와 민첩한 추격타. 우회나 특별한 장치도 없이 심플한 강함으로 짓밟으러 온다.

지금부터 행동 패턴이 더 늘어날 것을 생각하면 사리에게도 여유가 없다.

"이번에는 나도 최대 화력인데, 말이야!"

최대치가 올라간 【검무】의 푸른 오라를 두른 대거와 장검이 서로 부딪쳐 불꽃이 튄다.

사리가 견제로 마법을 쏘지만, 보스는 사리가 언제나 하던 것처럼 척척 회피한다.

"……메이플의 【히드라】도 안 통할까."

사리는 머리를 굴려서 행동 패턴이 바뀌지 않는 동안에 어떻게 대미지를 줄지 생각한다. 메이플의 공격은 대부분이 단발성 화력이고, 그것을 보스가 회피한다면 두 사람이 낼 수 있는 대미지는 격감한다.

게다가 보스의 화력이 상승하면 지금의 전략은 쓸 수 없게 될 것이다.

"후…… 오보로 【그림자 분신】!"

사리가 분신을 사용해 각각에게 공격하게 했지만 그에 반응하듯 검이 빛나더니 회전 베기가 모든 분신을 베어냈다. 사리 본인은 어떻게든 회피했지만 표정이 험악하다. 머릿속에서 하나하나 유효한 스킬과 그렇지 못한 스킬을 나누고 메이플의 스킬과 조합한 전술을 생각한다.

"좋아. 메이플! 대미지를 주기 위한 작전을 생각했는데 들어줘! 이야기가 끝나면 패턴이 바뀔 때까지 깎을게!"

"알았어!"

사리는 보스에게 대처하면서 메이플에게 말로 작전을 전달한다. 메이플은 이야기를 듣고 사용할 스킬과 타이밍을 머리에 집어넣는다.

"오케이! 괜찮아!"

"그럼, 【트리플 슬래시】!"

사리의 대거가 HP를 깎아 70퍼센트가 남았을 때 행동 패턴이 변화했다.

검을 크게 휘둘러 사리에게서 거리를 벌리고 칼날에 손을 댄다. 그러자 칼날에서 불길이 치솟아 활활 타오르기 시작했다.

"메이플, 관찰할 거니까 잠시 동안 만약의 경우를 대비해서 회복에 전념하고 있어!"

"응, 그럴게!"

보스는 검을 휘둘러 불꽃의 칼날을 정면으로 날리고 그대로 사리에게 돌진했다.

사리는 날아온 화염을 피하고 검을 대거로 받아낸다. 그러자 메이플의 갑옷에 불꽃이 튀어 메이플의 HP를 줄인다.

"우……윽!"

"이것도 타는 건가……!"

사리는 공격을 받아내지 않고 어떻게든 피해서 메이플이 대미지를 받지 않도록 움직인다. 보스의 공격에는 전부 화염이 더해져서 아슬아슬하게 피하려고 하면 조금 늦게 덮쳐드는 불길에 타고 만다. 거리를 벌리지 않으면 노 대미지는 어렵다.

"어휴, 빈틈이 막 없어지네……."

거리를 벌리면 이번에는 화염 칼날이 연속으로 날아온다. 그 탓에 메이플은 시럽을 불러내지 못하고 있었다. 움직임 자체의 변화는 적다고 본 사리가 메이플에게 지시를 날린다.

"좋아, 메이플! 공격하자!"

"알았어!"

사리가 공격해서 보스의 주의를 끄는 사이에 메이플은 무장을 전개하고 폭발해서 단숨에 거리를 좁힌다.

“【얼어붙는 대지】!”

메이플을 중심으로 소리를 내며 지면이 동결된다. 그것은 그대로 지면에 접촉하고 있던 보스에게도 전해져 보스의 움직임이 3초간 멎는다.

“【파워 어택】!”

“【히드라】!【흘러나오는 혼돈】!【포식자】!”

그 3초 동안 빈틈이 큰 공격, 피하기 쉬운 공격을 퍼붓는다. 【포식자】의 공격으로 또다시 보스의 스테이터스가 저하되지만 3초는 너무 짧아서 곧바로 보스가 움직이기 시작했다.

두 사람이 떨어지려 한 순간 보스가 지면에 검을 꽂았다.

그러자 보스를 중심으로 거대한 붉은 마법진이 전개된다.

“위험해……!”

“【포학】!”

메이플이 외치고, 동시에 지면에서 거대한 불기둥이 치솟았다.

타오르는 불꽃이 잦아들었을 때 사리는 상처가 없었지만, 눈앞에서 【포학】이 후드드 부서지고 메이플이 사리 쪽으로 굴러나왔다. 사리는 메이플을 안고 보스에게서 거리를 벌린다. 보스에게 큰 기술의 경직 시간이 있었던 모양이지만 두 사람도 공격할 겨를이 없었다.

"위, 위험했어……."

"미안해. 아직도 이런 숨겨진 기술이 있을 줄은 몰랐어."

"단숨에 공격하는 건 위험할지도? 【포학】이 없어져 버렸어……."

"지금부터는 【헌신의 자애】는 해제해 놔. 범위 공격이 오면 메이플을 회복하기 전에 당할 거야."

"응, 힘내서 피해!"

"맡겨 둬, 그게 특기니까."

메이플은 다시 병기를 전개하고 방패를 든다. 사리도 대거를 겨누고 다시 집중한다.

"가자, 메이플. 【환영세계(팬텀 월드)】!"

"【공격 개시】!"

총격을 개시하는 메이플의 모습이 셋이 되고 무시무시한 양의 총알이 보스에게 쏟아진다. 보스와 거리를 벌리고 있기 때문에 분신 생성에 대응해 내보낸 공격은 닿지 않았지만, 보스는 눈앞에 불로 벽을 만들어 메이플의 공격을 방어한다.

"으으, 부서져라!"

메이플의 기도가 닿았는지 불벽은 사라져 가지만 총알을 피하듯이 비스듬히 위로 뛰어오른 보스가 그대로 메이플에게 달려든다.

"【피어스 가드】!"

메이플은 조금이라도 대미지를 주려고 총구를 위로 겨누고

【악식】을 정통으로 맞힐 준비를 한다. 불길이 세져서 거대한 불기둥처럼 된 검이 분신과 메이플을 한꺼번에 벤다.

화염 대미지는 지속 대미지라서 【피어스 가드】로 막을 수 없지만, 검의 대미지는 무효화되어 간신히 버틴다.

메이플이 분신이 사라진 것을 아랑곳하지 않고 방패를 휘둘러 보스를 어깨부터 몸통에 걸쳐 크게 후려치자 갑옷에서 요란하게 대미지 이펙트가 터진다.

"한 번 더!"

메이플이 다시 휘두른 방패는 화염 칼날에 튕겨 나가고, 그대로 보스가 쳐들어온다. 메이플에게 그 공격을 완벽하게 대처할 방법이 없었다.

그런데도 메이플은 작전대로 됐다는 듯이 웃었다.

"사리!"

"【퀸터플 슬래시】!"

메이플의 사격을 틈타 슥 떨어져서 오보로의 【순영(瞬影)】으로 모습을 감추고 완전히 표적에서 벗어난 사리는 보스의 등 뒤에서 공격 기회를 기다리고 있었다.

도핑 시드를 한계까지 사용한 사리의 최대 연속공격. 스킬 【추인(追刃)】의 추가 효과도 합쳐져 한 손에 열 번, 합계 20연격이 무방비한 보스의 등에 꽂히면서 메이플을 공격하려 하던 검이 멈춘다. 엄청난 대미지를 받은 보스의 행동 우선순위가 변화해 지면에 검을 꽂는다.

조금 전 두 사람을 불사른 업화를 만들어내는 마법진이 다시 전개된다.

“【퀵 체인지】!”

“【힐】!”

“【이지스】!”

사리가 부족한 HP를 회복으로 채우고, 순식간에 장비를 변경한 메이플이 모든 대미지를 무효화하는 빛의 돔을 전개한다.

큰 기술에는 큰 기술로, 즉사급 공격에는 절대적인 방어를 밀어붙인다. 돔 바깥에서 불꽃이 굉음과 함께 휘몰아친다.

“기회야!”

“응!”

이번에는 보스의 경직을 놓치지 않고 메이플이 총격을, 사리가 연격을 펼쳐 남은 HP를 30퍼센트 정도까지 줄였다.

그러자 충격파가 발생하여, 대미지는 없었지만 두 사람을 멀리 떨어뜨렸다.

사리는 곧장 메이플 쪽으로 와서 HP를 회복하고 보스의 상태를 살핀다.

메이플은 장비를 원래대로 돌리고 시럽도 불러내 공격력을 확보한다.

“잘 통했네!”

“마지막까지 방심하면 안 돼.”

두 사람의 눈앞에서 보스가 지면에 꽂은 검이 불길을 내뿜는다. 그러자 지면이 부서지고 불기둥이 몇 개나 솟아올라 필드를 완전히 바꾸어놓았다. 타오르는 불길이 벽과 천장을 비추고 보스의 갑옷 사이에서도 불이 넘쳐흐른다.

뒤에는 화염의 검이 다섯 자루 떠 있고, 두르고 있던 불도 보다 기세가 강해졌다.

"……이제부터가 진짜 같네."

"안 질 거야!"

형태 변화가 끝난 모양인지 보스도 공격태세를 취한다. 뒤에 떠 있는 다섯 자루의 검이 칼끝을 두 사람에게 겨누고 고속으로 날아든다. 【염제의 나라】의 신에 비하면 날아드는 검의 움직임이 단순해서, 궤도를 예측한 사리는 여유롭게 회피하고 메이플도 본 적이 있는 공격이라 어떻게든 회피한다.

그러나 한 가지 다른 점은 날아온 궤도상에 타오르는 불이 실처럼 이어져 있다는 것이었다. 궤도는 단순해도 다음 행동이 제한된다.

"【커버 무브】는 안 돼. 지금 대미지 2배는 힘들어!"

"응, 알았어!"

두 사람이 화염검을 완전히 피하자 검들은 공중에 멈추더니 다시 칼끝을 겨눈다. 아직 공중에서 불타고 있는 선도 사라지지 않았다. 게다가 필드 중앙에 선 보스 뒤에 다시 다섯 자루의 검이 떠 있는 것을 깨닫고 두 사람은 눈을 부릅떴다.

"늘어나는 거야!?"

"메이플! 단기결전!"

"으, 응!"

이대로 있다간 상황이 나빠지기만 할 거라고 생각한 두 사람은 보스와 거리를 좁힌다.

"【도발】! ……어떻게든 막을 테니까! 사리는 공격해!"

"알았어. 부탁할게!"

날아오는 열 자루의 검이 메이플을 노리는 가운데 사리는 혼자서 보스에게 달려간다.

"시럽 【성벽】!"

벽이 메이플을 둘러싸듯이 몇 개나 솟아오르고, 부서지면서도 간신히 몇 자루를 받아낸다. 【악식】을 소비해도 어쩔 수 없다며 방패로도 막았지만 그중 세 자루가 메이플의 몸을 꿰뚫는다. 이에 직격당한 시럽의 HP가 0으로, 메이플의 HP도 절반 밑으로 떨어진다.

"으으…… 힘내, 사리!"

"오보로 【그림자 분신】! 【윈드 커터】!"

마법으로 상대의 가드를 이끌어내고, 【그림자 분신】으로 후려치기를 유발한다.

"행동 패턴만 알면……!"

일격에 쓰러지는 분신을 미끼로 접근한 사리를, 더욱 날카로워진 일섬이 양단한다.

그 직후, 사리의 모습이 사라지고 보스에게서 대미지 이펙트가 터진다.

【신기루】도 사용해 이중으로 미끼를 쓴 사리가 등 뒤에서 다시 보스를 벤다.

더 이상 미끼가 될 것이 없어서 보스가 사리에게 화염검을 휘두른다.

"【초가속】! 피했, 다!"

사리는 가속하여 아슬아슬하게 그 검을 피하고 땅 위를 굴러 간신히 떨어진다.

"【흘러나오는 혼돈】!"

메이플은 사리에게 추가타를 넣는 것을 막기 위해 큰 기술을 사용하고 다시 사격을 개시한다.

보스에게 몇 개쯤 직격해 HP를 줄이지만 아직 격파하지는 못했다.

그동안 다시 검 다섯 자루가 공중에 추가된다.

"힘들어!"

"우우, 조금만 더 하면 되는데!"

'조금만 더' 가 좀처럼 쉽지 않고, 메이플이 공격당할 때도 있어서 상황이 나쁘다.

"윽, 이건……."

날아드는 화염검과 보스 본체가 사리에게 다가오고, 사리는 냉정하게 현재 상황을 파악한다.

어떻게 피하든 두 자루는 직격한다.

"조금이라도 대미지를……!"

그렇게 생각한 사리의 눈앞에 폭음이 난 직후 무언가가 옆에서 끼어들어 가로막는다.

화염검을 몇 자루 맞았는지 대미지 이펙트를 흩뿌리면서도 세 개의 방패를 들고 있는 메이플이었다.

"사리! 회복해 줘!"

"【힐】!"

방패 세 개로 막지만 불꽃이 잇달아 메이플을 태운다. 그러나 사리의 회복 덕분에 아주 조금 HP가 남았다.

"【얼어붙는 대지】!"

메이플을 베기 직전에 보스의 움직임이 또다시 멈칫한다.

메이플은 보스의 남은 HP를 확인해 20퍼센트까지 줄어든 것을 보고 비장의 스킬을 발동했다.

"【브레이크 코어】!"

메이플에게서 붉은 구체가 튀어나와 파직파직 소리를 낸다.

매우 강력한 자폭 공격, 발동까지 걸리는 시간은 5초.

사리는 그것을 보고 보스가 도망치지 않도록 보스 주위에 【얼음 기둥】과 【샌드 월】을 설치했다. 평소라면 피할 수 있는 공격도 지금 이 자리에서라면 반드시 명중한다.

"이거라면…… 맞을 거야!"

보스가 회피하기도 전에 메이플의 스킬이 발동해, 굉음과 함께 천장까지 치솟는 빛의 기둥이 발생했다. 보스의 HP가 확 감소하고 메이플의 HP가 【불굴의 수호자】의 효과로 1만 남는다.

흰 빛이 사라졌을 때.

보스는 아주 약간의 HP를 남기고 건재했다.

"윽!?"

메이플이 경악하는 와중에, 지면에 조금 전에 본 것보다 더 큰 마법진이 전개된다.

"어, 어떻…… 왓!?"

머릿속이 정지한 메이플을 공중으로 뛰어오른 사리의 거미줄이 끌어당긴다.

사리는 민첩하게 메이플을 공중에 던져 올리고 【충격권】으로 더욱 높이 쳐서 날렸다.

그 직후 업화가 발밑에서 뿜어져 나온다.

사리는 공중에 발판을 만들어 박차서 업화 속으로 뛰어들었다.

"……!"

【매미 허물】이 발동해 받은 대미지를 무효화하고 사리를 더욱 가속시킨다.

메이플에게 업화가 닿기도 전에 사리는 불꽃을 꿰뚫고 대거 두 자루로 보스의 목을 베었다. 그 순간, 불꽃이 멈추고 잔불이 타오르는 가운데 보스는 털썩 땅에 쓰러졌다.

“메이플이 지켜준 덕분에…… 제때 해치웠어.”

사리는 대거를 슥 집어넣고 떨어지는 메이플을 두 손으로 받아낸다.

“……후우.”

“……에헤헤.”

““이겼다!!””

두 사람은 녹초가 된 듯이 땅에 주저앉고는 얼굴을 마주 보고 웃으며 하이터치를 했다.

마법진에 올라 탑에서 나오자 운영에서 탑 공략 축하와 보상 내용을 안내하는 메시지가 왔다. 두 사람은 탑을 완전히 공략해 은메달 다섯 개를 손에 넣은 것이다.

“이제 길드전 때랑 합쳐서 열 개인가.”

“얼른 골라 볼까.”

“그러자. 스킬도 바뀌었을지도 몰라.”

“그럼, 고르고 나면 길드 홈에 있을게.”

“오케이…… 6층이 아니라, 5층 맞지?”

“……응.”

두 사람은 메달 열 개를 사용해 스킬과 아이템을 선택하는 공간으로 전이했다.

◆□◆□◆□◆□◆

잠시 후 사리가 길드 홈에 오자 메이플은 이미 선택을 끝내고 소파에 앉아 있었다.

"응? 메이플은 벌써 끝났구나."

"뭘로 할까 하다가 알기 쉬운 걸로 했어."

"뭐, 나도 방침은 정해져 있으니까."

"에헤헤, 나는 이거!"

그렇게 말하고 메이플은 자신의 스킬을 사리에게 보여준다.

【불괴(不壞)의 방패】

30초간 대미지가 반으로 감소.

3분 후 재사용 가능.

"과연, 마지막에는 결국 대미지를 받았으니까."

"사실은 대미지 무효가 있으면 좋았겠지만……."

"그런 게 있으면 알려줄게. 나는 【물 조종술】이라고, 물을 다루는 스킬로 했어."

"물 마법……하고는 다른 거지?"

【물 조종술】

물을 조종하는 스킬. Ⅰ~Ⅹ레벨. 레벨마다 스킬을 하나 취득.

"스킬 레벨도 올리는 타입이라 재미있는 스킬이 되지 않을까 싶어서. 그리고 얼려서 발판으로 삼기에 딱 좋고. 지금은 아직 땅에서 앞으로 물을 뿜는 스킬밖에 못 쓰지만."

"어떻게 될지 기대되네."

그런 이야기를 하고 있자 메이플과 사리가 있다는 걸 확인했는지 길드 홈에 나머지 여섯 명의 멤버도 왔다.

지치기는 했지만 기쁜 듯한 표정을 보고 두 사람은 무심결에 그 이유를 깨달았다.

"오! 메이플과 사리! 10층 보스를 이기고 왔어!"

크롬이 기쁜 듯이 그렇게 말한다.

"후훗, 저희도요."

"어찌어찌 한 방에 돌파했어요!"

"오오! 그거 대단한데. 제법 셌지?"

"엄청 많이 불에 탔어요!"

"선수를 빼앗기고 말았나, 아깝군."

"어떤 스킬로 골랐어?"

그 말에 두 사람은 취득한 스킬을 가르쳐 준다. 여섯 명은 이제 곧 7층이 개방되기 때문에 그곳을 클리어하고 나서 고르기로 했다고 했다.

"그럼 다음은 다 같이 6층 보스전을 공략하고 7층으로 가면 되겠네요!"

"메, 메이플. 나는 탑에서랑 같은 방식으로……."

모든 곳이 호러 존인 6층의 보스가 어떨지는 생각하지 않아도 알 수 있었다. 어찌 됐건 사리가 싸울 수 있는 상대는 아니겠지. 즉, 다시 【포학】 상태의 메이플의 입속에 들어갈 수밖에 없다는 뜻이었다.

"응, 좋아! 7층에 가면 다시 함께 탐색하자."

"전원이 함께 싸우는 건가. 그렇다면 조금은 편하게 할 수 있으려나."

"저희도 힘낼게요!"

"……힘낼게요!"

전원이 목표를 달성하여 7층을 다음 목표로 삼았다.

에필로그

그리고 시간이 조금 지나고, 점검 후에 7층이 추가된 날.

메이플 일행은 조금이라도 빨리 모여서 던전을 공략하기로 약속을 잡았다. 6층 길드 홈에 집합한 여덟 명은 보스의 능력을 확인한 다음 마침내 던전으로 향하게 되었다.

"……저기, 사리는 괜찮은가?"

카스미의 시선이 닿는 곳에는 소파에 쓰러져 머리에 머플러를 둘둘 감고 그사이로 죽을상이 보이는 사리가 있었다.

"평소에는 그렇게 센데 말이야."

"빨리 공략해 줄 수밖에 없겠군."

여덟 명은 필드로 나간다. 그리고 곧바로 메이플이 【포학】을 발동했다.

"그럼, 사리?"

"응, 부탁해……."

메이플이 쩍 벌린 아가리 속에 들어가는 사리를 보고 나머지 멤버들은 역시나 미묘한 표정을 짓는다. 그러나 사리의 의지는 굳건했다.

“도움도 안 되면서 벌벌 떠는 것보다, 이러고 있는 게 더 나으니까…….”

그리고 사리는 입속에 들어갔다.

더더욱 빨리 해치우는 편이 좋겠다며, 여섯 명은 메이플의 등에 타고 언데드로 가득한 필드, 그리고 던전을 달려간다.

【단풍나무】 풀 멤버의 전력이 있으면 고전할 일이 없다.

그리고 단번에 보스 앞에 도착하고 나면 더욱 쉽다.

“속성이 없는 공격은 안 통하니까, 먼저 이걸 써.”

“오늘은 좋은 버프 스킬을 뽑았거든.”

“평소대로 내가 마비를 넣지.”

평소대로 전투 전에 마이와 유이에게 전력으로 버프를 걸고 메이플의 【헌신의 자애】 하에 적에게 마비를 걸면 된다.

“언제든지 갈 수 있어요!”

“응…… 쓰러뜨릴 거야.”

“사리를 위해서도 얼른 끝내버려야지!”

보스방 문을 열자 그곳에는 거대한 유령이 있었다. 시커먼 눈구멍에서 검은 눈물을 흘리며 투명한 긴 팔을 축 늘어뜨리고, 바로 아래에 검은 어둠을 펼치고 메이플 일행을 향해 마법 공격을 준비한다. 오싹한 모습의 유령은 통상 필드에서는 정말로 강력한 보스였다. 그러나 탑을 돌파하고 온 여덟 명, 아니 일곱 명에게 이 정도는 적수가 되지 못한다.

오히려 정말로 두려운 것은 메이플 일행이다.

"마비가 들어갔다!"

카스미의 참격으로 마비가 먹히자 메이플이 등에 마이와 유이를 태우고 달려가 그대로 두 사람을 내려놓는다.

""갑니다!""

움직이지 못하는 상대에게 강력한 일격이 잇달아 박힌다.

그 공격을 버틸 보스가 이런 데 있을 리가 없어서, 보스방 돌입으로부터 1분하고도 몇 초 후에 거대 유령은 폭발해 흩어졌다.

"드롭 소재는 회수했어."

"그럼 위로 올라가자……. 사리, 진짜 괜찮아?"

전원이 걱정스러워하는 가운데, 다음 층이 보이기 직전에 메이플은 사리를 입에서 꺼내고 【포학】을 해제한다.

"괜찮아?"

"다시는 6층 안 갈 거야……."

사리는 일어서더니 눈앞에 다가온 다음 7층을 보고 불안한 표정을 짓는다.

"6층하곤 다를걸?"

"그래……. 좋아! 간다, 간다……!"

사리가 각오하고 나서 전원이 7층의 풍경을 확인한다.

그곳에 펼쳐진 것은 광대한 대지와 자연. 그리고 뛰어다니는 다양한 몬스터들이었다.

이곳은 몬스터들이 사는 층. 그중에는 우호적인 것도 있다.

즉, 7층은 몬스터를 동료로 삼을 수 있는 층이다.

"사리, 이건…… 시럽처럼 동료로 삼을 수 있다는 거네!"

"응응, 다들 어떤 아이를 동료로 삼으려나."

"우선 뭐가 있는지 조사해야겠군! 재미있어질 것 같네!"

각자가 가슴에 기대를 안고 7층으로 발을 내디뎠다.

〈8권에서 계속〉

후기

궁금해서 7권을 사 주신 분께, 처음 뵙겠습니다. 지금까지 계속 응원해 주고 계시는 분께는 역시 더할 나위 없는 감사를. 안녕하세요, 유우미칸입니다.

빠르게도 벌써 7권이 되었습니다. 만화에 애니메이션 기획 등 여러 일들이 있어서 그때마다 놀랄 따름입니다.

그러면서 제 주위에 좋은 분이 정말 많다고 생각했습니다. 주위에 온통 공감을 표해 주시는 분이나 만화, 서적을 멋지게 만들어 주시는 분밖에 없어서, 정말로 많은 도움을 받아 고마울 따름입니다.

그래서 선전을 하나 하겠습니다. 8월에는 7권 외에도 만화 2권이 발매될 예정입니다. 서적에서는 볼 수 없는 세세한 표정이나 메이플과 사리의 탐색 중 분위기 등이 표현되어 있어서 한 컷 한 컷 보다 보면 즐거워지지 않을까 합니다. 부디 7권과 함께 사 주시면 좋겠습니다!

여러 형태로 이 작품을 전할 수 있다면 이만큼 기쁜 일은 없을 겁니다.

그리고 여러분의 응원도 물론 빼놓을 수 없으니까요. 기대에 부응하고 싶습니다.

그럼, 언젠가 나올 8권에서 만날 수 있기를 바랍니다!

유우미칸

아픈 건 싫으니까 방어력에 올인하려고 합니다. 7

2020년 07월 30일 제1판 인쇄
2020년 08월 14일 제1판 발행

지음 유우미칸 | **일러스트** 코인

옮김 박수진

발행 영상출판미디어(주)
등록번호 제 2002-000003호
주소 21311 인천광역시 부평구 평천로 132 (청천동)
전화 032-505-2973(代) | FAX 032-505-2982

ISBN 979-11-6524-757-7
ISBN 979-11-319-9451-1 (세트)